JN061082

執着Domの愛の証

Kaori Shu
秀香穂里

CHARADE BUNKO

Illustration

御子柴リョウ

CONTENTS

本作品の内容はすべてフィクションです。
実在の人物、団体、事件などにはいっさい関係ありません。

1

射竦《いすく》めるようなまなざしが印象的だった。

理知的な印象を強めるメタルフレームの眼鏡をかけた男は長身痩軀《そうく》にふさわしい紺のピンストライプのスーツを粋に着こなし、こちらを値踏みするかのように目を細める。綺麗《きれい》に撫《な》でつけた髪が彼の潔癖さを際立たせていた。

怜悧《れいり》な美貌が大勢のひとびとの中でことさら輪郭を強くしていた。

——こんな男は初めてだ。絶対にＤｏｍだな。

紫藤《しどう》謙《ゆずる》は手にしたカクテルグラスに口をつけ。男の視線を真っ向から弾き返す。これでも年商一千億を超えるアパレルメーカー「ジョーディア」の社長だ。

三十六歳という若さでトップの座に就いたのは、父、賢一郎《けんいちろう》が『これから会社は若いおまえに任せる。オンライン通販が強い時代でも、店舗販売は捨てられないぞ。負けるな』と言って六十五歳で勇退したせいだ。

息子の目から見ても男っぷりがいい賢一郎は若かりし頃大層もて、大勢の女性を泣かせたらしい。

その中でとりわけ大恋愛を果たした女性が紫藤の母だ。結婚してからのふたりは仲睦まじく、不倫などとは無縁ではあるが、過去、数人の女性が賢一郎の隠し子がいると週刊誌にネタを売り、話題になったことがあった。その都度、母が温厚な笑みを浮かべて隠し子の存在を否定し、スキャンダルは沈静化した。

紫藤家の嫡子――ひとり息子。

いわゆる一族経営ではあるが、大学卒業後から「ジョーディア」の経営に携わり、実際、店頭に立って客を相手にした時代もある。店舗勤めを三年続け、二十五歳になったあたりで本格的に会社経営に関わった。

社長の子息とはいえ平社員から始まり、着実に仕事をこなしてきたことで、現場はもちろんのこと、役員からも信頼を寄せられるようになった。

そのおかげで、昨年の春、新社長に就任したときは役員全員から拍手が沸き起こったほどだ。

それから約一年、馬車馬のように働いてきた。流行りすたりの激しいこの業界で生き抜くには、一手も二手も先を読む目が必要となる。二十代から四十代あたりまでのメンズ、レディースブランドを多数抱える「ジョーディア」は業界の中でも老舗で、その名を知らぬ者はいない。

実際、今夜のパーティでも会場に秘書の野口彰文《のぐちあきふみ》を連れて足を踏み入れた途端、多くのひとから声をかけられた。

都心の最高級ホテルの宴会場を借り切ったパーティは、服飾業界の人間が一堂に会する年二回の催しだ。

さすがファッションに関わる人間が集まる場だけに、会場は華やかだ。男性、女性ともに美しくドレスアップし、にこやかに言葉を交わしている。

八月。

熱く蒸した都心の夜風も気にせず、少し癖のある黒髪を撫でつけ、すっきりと引き締まった身体には「ジョーディア」を代表するメンズハイブランド「ヨシオ　タケウチ」の秋冬新作のスーツを纏《まと》っていた。

我ながらいい男だと思っている。

丁寧に作られたスーツに負けない身体作りもしているし、なによりＤｏｍとしての風格が備わっていると紫藤は自覚していた。

しかし、いま自分を見つめてくる男は紫藤より年下に見えるのに、まったく動じずにひたと視線を向けてくる。

彼も、間違いなくＤｏｍだろう。

Ｄｏｍ同士が張り合う場面はそこかしこで見られる風景だ。互いに矜持《きょうじ》や意地、見栄を張って己のほうが上だとグレアを発する。

「初めてお目にかかります。『ジョーディア』社長の紫藤謙さんですよね」

眼鏡を押し上げながら、男がワイングラスを片手に近づいてきた。声音は低く、どこか甘やかだ。冷たい感じのする美貌の男にこんな声で囁《ささや》かれたら、どんなＳｕｂでも一発で堕《お》ちるだろう。

「初めまして。貴方は？」

「申し遅れました。『ピークタウン』取締役、鵜飼之孝《うかいゆきたか》と申します」

「ピークタウン」、と聞いて、ぴくりと眉が跳ね上がった。

ここ最近めきめきと業績を伸ばしているオンライン通販モールが、「ピークタウン」だ。日本のＥＣコマース企業としては間違いなくトップクラスである。

数多くのブランドに出店をうながし、ネット上に巨大なファッションモールを作り上げている。

不況続きのファッション業界の中でも「ピークタウン」は頭ひとつ、いやふたつみっつ飛び抜けた売り上げを叩き出していた。

今年の三月期第一四半期でも、一千億を超える売上高を記録していた。老舗で知られる「ジョーディア」でさえ辿り着けない桁《けた》の世界を、目の前の若い男が動かしているのか。

挑むような視線を向けても鵜飼は整った表情を崩さない。

「お目にかかれて光栄です。学生時代は『ジョーディア』の服をよく買っていました」

「それはどうも」

交わす視線に火花が散る。相手が新興企業であること、そしてその代表が年下であるという二点で、遠慮する要素はひとつもない。

「紫藤さんのことは以前から業界紙のインタビュー記事でよく拝見していました。今夜こうしてお会いできてとても嬉しいです」

どうかすると慇懃無礼《いんぎんぶれい》な口調にも聞こえるのだが、ぎりぎり際どい線で鵜飼は謙虚な姿勢を見せていた。数字で勝っているとわかっていても、自社の歴の浅さもまた知っているのだろう。

下手に出られるのはしょっちゅうだ。パーティで繫がり、今後の経営に生かしたいと考えているのだろうか。

渡された名刺は上等な紙を使い、洒落《しやれ》た書体の箔《はく》押しで役職、そして「鵜飼之孝」と記されていた。裏面は英語で記されている。

対して紫藤が差し出した名刺は昔ながらの白く硬い紙に、ジョーディアのロゴマークと役職、名前がシンプルに配置されている。名刺一枚にも、会社の歴史が表れるものだ。

「——お見受けしたところ、紫藤さんは素晴らしいＤｏｍですね」

「鵜飼さんこそ」

ふっと笑い、名刺を胸ポケットにしまった。

仕事柄、一度会った人物の顔と名前は脳内にくっきり刻み込まれ、忘れないたちだ。

初めて店頭で接客した相手の顔だっていまでも覚えている。記憶力には自信があった。

「シャンパンでもいかがですか。この出会いに乾杯を」

ちょうど通りかかったウエイターにグラスを戻し、互いにシャンパンが注がれた美しいグラスを手にする。

秘書の野口は数歩離れた場所に控えていた。飲み物はオレンジジュース。社長の紫藤になにかあってはいけないので、いつもこういう場ではソフトドリンクを選ぶ。

「乾杯」

「乾杯」

互いにグラスを目の高さに掲げたとき、じりっと胸の奥が焦《こ》げるほどに強い視線を受け止め、いささかたじろいだ。しかし、そんなことをみじんも顔に出さない。

この世のすべてをコントロールする種。それがＤｏｍだ。

世界には、男性、女性の他にダイナミクスと呼ばれる第二性がある。

ひとつはＤｏｍ。圧倒的な支配力と統率力を持ち、企業のトップに君臨する者はＤｏｍ

がほとんどだ。

グレアと呼ばれる熱波を全身から発することで、あまたのＳｕｂを一瞬で跪《ひざまず》かせる力を生まれながらに持っている。紫藤と鵜飼はＤｏｍとして、それぞれ企業の頂点に立っていた。

もうひとつはＳｕｂ。Ｄｏｍに支配されたい、コントロールされたいとひたすら願う者たちだ。その願いは本能に根ざすものなので、理性でどうにかできるわけではない。

これぞというＤｏｍを前にしたとき、コマンドと呼ばれる命令を発せられると、意識よりも先に身体が反応し、床に跪き、四つん這《ば》いになり、あまつさえ秘密の場所を晒《さら》したりすることもある。

それもこれも、Ｄｏｍに褒められたい、甘やかされたい一心からだ。コマンドは性的な場面で使われることが多いので、どうしたってある意味色目で見られる。

しかしＳｕｂ自身はこころに決めたＤｏｍから命じられればどんなことでもしあわせに思える生き物だ。

そしてＳｗｉｔｃｈ。ＤｏｍとＳｕｂ、どちらにも切り替わることができる稀《まれ》な種だ。

それからＮｏｒｍａｌ。この種の人間がもっとも多く、平穏な生き方を好む。

この四つの第二性で世界は成り立っている。

ＤｏｍとＳｕｂは支配したい、支配されたいという欲望を持つため、ほぼ同数存在しており、つねにパートナーを求めている。その合間を縫って、Ｓｗｉｔｃｈがたまにうろちょろして美味しいところを持っていくという印象だ。

「私の会社は設立してまだ歴が浅いので、紫藤さんの長い歴史を誇る『ジョーディア』をこころから尊敬しています。浮き沈みの激しいファッション業界で『ジョーディア』の名を知らない者はおりません。昨年、紫藤さんが社長に就任してから業績は好調になったでしょう。さすがの手腕です」

「お褒めいただいて光栄だが、鵜飼さんの『ピークタウン』こそ破竹の勢いでこの業界に進出しているじゃないか。たいしたものだ。失礼だが、いくつなんだ？」

「二十九歳です」

「その若さで……」

四半期で一千億を叩き出したのか。

内心の動揺を顔に出さないだけでも褒めてもらいたいものだ。こちらは歴史あるアパレルメーカーである。

昨日今日飛び出してきた新興企業が目玉の飛び出るような売り上げを出しても、来年生き残っていられるか誰にも保証はできない。

ひとびとがファストファッションに傾いているいま、『ジョーディア』が抱えるようなハイブランドはなかなか苦戦を強いられている。

スーツ一着、十万円から二十万円を超える価格帯の商品は、最高級の生地とうっとりするようなフィット感、万全のアフターケアを売りとしているが、いいものを長年愛用するよりも、ワンシーズン着られて安くすむという商品にひとびとの目が向いてしまうのは地団駄を踏みたいほどに悔しいものだ。

「そのスーツ、『ヨシオ　タケウチ』のものですよね。よく似合ってらっしゃいます」

鵜飼がシャンパンを啜《すす》りながら褒めそやす、セミオーダーの「ヨシオ　タケウチ」は紫藤もこよなく愛しているブランドだ。デザイナーの武内《たけうち》は五十代に差しかかるベテランで、フルオーダーメイドにも負けない服作りを目指している。

「縫製がとくに美しい。肩のラインが貴方の身体にしっくりはまっている。『ヨシオ　タケウチ』はオーダーメイドでも充分やっていけるでしょうに」

「それだと商業施設にはふさわしくない。大手有名百貨店の中で燦然《さんぜん》と輝くのが『ヨシオ　タケウチ』なんだ。オーダーメイドのブランドだと路面店を構えなければ話にならない。そんな店にいまの若者が足を運ぶと思うか？」

「憧れますが、まず入れないでしょうね」

「だろう。だったらセミオーダーに留めて、さまざまなひとが入れる商業施設に店を出したほうがいい。『ヨシオ　タケウチ』は表参道《おもてさんどう》に旗艦店を構えているが、その他はすべて百貨店だ。若い男性が絶対に入れないような古めかしい門構えよりも、館内を歩きながらうちの服に目を止めてふと立ち止まってくれるようなカジュアルさも欲しい。そう思わないか」

「仰《おつしや》るとおりです。オーダーメイドに手を出せる者はいまやひと握りですからね。——それにしても、ほんとうに綺麗なステッチだ」

すっと鵜飼が手を伸ばしてきて、紫藤のジャケットの襟《えり》に触れる。長い指がつつっと胸元を辿る間も堂々としていたが、その手がチーフの収まる胸ポケットのあたりで止まり、鋭い視線で射貫《いぬ》かれるとどきりとする。

「深紅のチーフが素晴らしくお似合いですね。日本人でこんなに美しくスーツを着こなせる男性はなかなかお目にかかれません」

眼鏡越しの切れ長の目がどことなく淫靡《いんび》な炎を宿していることに気づき、わずかに身じろいだ。

このスーツを誂《あつら》えたときに、武内自身に採寸してもらい、それこそ全身くまなく触れられたのに、心臓の上を押さえる骨っぽい手とはまるで違う。

「せっかくお知り合いになれたんです。チーフを交換しませんか」

「きみと?」

「ええ。我が社も『ジョーディア』のように長生きできることを願って、お守り代わりに。よろしいですか?」

「……構わないが」

しゅるりと鵜飼は優雅に自分のイエローのチーフを抜き出し、紫藤のポケットに丁寧に押し込んでくる。

そして自分のものにした深紅のチーフを胸に挿《さ》し、初めて微笑んだ。

「大切にします。ご無理を言って申し訳ありません」

「いや……チーフぐらいなら」

声が掠《かす》れるのが悔しい。

ちらりと目を下に向ければ、イエローのチーフはピンストライプのスーツに意外と似合っている。

それをあらためて確かめたいのと、鵜飼から離れたい気持ちがない交ぜになって、通りすがりのウエイターのトレイにグラスを戻した。

「失礼、少し席を外す」

「わかりました」

秘書に目配せして早足で混雑した会場を出て、男性トイレを探して駆け込んだ。

幸い他の客はいない。

鏡の前に立ち、先ほど挿し込まれたチーフをつまんでみる。シルクでできているのだろうそれは鮮やかで、格子《こうし》柄だ。

こういう場でチーフの交換を申し込まれたのは初めてで、なんとも落ち着かない。ちょっとした戯《たわむ》れだろうと思い直し、手をよく洗い、ついでに顔にも水を打ちつける。意識をはっきりさせるためだ。

ポケットから白いハンカチを取り出して顔と手を拭い、もう一度鏡を見る。いささか乱れた髪を整え、ジャケットの襟を扱《しご》いてぴしりと正す。

これでよし。

鵜飼みたいにするりと不意に近づいてくる男は正直なところ苦手だ。つねに身近にいる秘書の野口はＮｏｒｍａｌで、温和で誠実だ。

自分のような傲岸《ごうがん》不遜《ふそん》なＤｏｍによくつき合ってくれていると内心感謝している。社長に就任して約一年。思いついたことはすぐに実行し、先手先手を打ってきた。もちろん、フォローも忘れない。ちょっとでも間違えればワンマンだと言われそうだからその一歩手前で野口がやわらかにアドバイスしてくれる。よき参謀だ。

役員たちもＤｏｍぞろいだが、自分のような新社長によくついてきてくれている。若い頃から『ジョーディア』のために尽力してきた姿を覚えているからだろう。

創業七十年。これからも『ジョーディア』は続いていく。

その上ではなにかしら大きな変化が必要だ。それも劇的な変化が。長く細々と続けていくだけでは一流企業とは言えない。

業界に『ジョーディア』あり、と自分の代で知らしめたい。

「……よし」

ひとつ息を深く吸い込んだところで腹が決まった。早く会場に戻り、他の関係者たちとも挨拶《あいさつ》をしなければ。

キィッとトイレの扉が開く音がする。誰かが入ってきたのだ。

それが誰なのかと振り向くのと同時に背中から強く抱き締められ、突然のことに身体が強張《こわば》ってしまう。

鏡に映るのは鵜飼だ。

「……なにするんだ！」

「お静かに。——紫藤さん、ほんとうはＤｏｍじゃないでしょう。Ｓｕｂ……もしくはＳｗｉｔｃｈかと」

「馬鹿なことを。俺は間違いなくＤｏｍだ。手を離せ！」

「嫌です」

鏡越しに鵜飼がにやりと笑う。

さっき見た微笑、あれは偽りで、いま見ているこの危うい笑みが鵜飼の本性なのだ。

じたばたともがいても、羽交い締めされていて動けない。首筋にふうっと熱い息を吹きかけられ、背筋がぞくりとする。

「嫌がられると興奮するたちなんですよ、私は。暴《あば》いてあげましょうか。貴方の本性を」

うしろから耳たぶを囓《かじ》られる。そのときだった。鏡の中で目と目が合っている状態で、彼が両肩を盛り上がらせる。

ぶわりと強い熱波をもろに浴びせられ、びくんと全身が震えるほどに圧倒された。

あまりの衝撃に、なにが起こったのか一瞬わからなかった。惑い、困惑し、ようやく理解した。

グレアだ。それもひどく強烈な。

紫藤を頭から呑《の》み込むかのような熱の波に耐えられず、膝ががくがく笑う。

それでも奥歯を嚙み締め、洗面台をぎっちり摑んで崩れ落ちそうになるのを必死に堪《こら》えた。

「ひとはなぜ服を着ると思いますか」

「な、ぜ、って……」

同じＤｏｍ同士、グレアは効かないはずだ。なのにどうしてこうも押されるのだろう。押し寄せる熱に負けそうになる。身体の芯がぐずぐずに蕩《とろ》けていくのが自分でもわかり、驚愕するばかりだ。

他のＤｏｍにはこんなふうにはならなかった。グレアらしきものを浴びても平然としていられた。

なのに、いまは違う。

どんなに歯を食い縛っても身体の深いところで快楽が芽生えていた。いま、目を合わせるのも怖い。

あのグレアをもう一度食らったら、今度こそ跪いてしまいそうだ。

他のことを考えなければ。襲いかかる欲望から意識をそらさなければ。

「ひとが——服を……着るのは、自分を……よりよく、見せたい……から、だ」

「違います」

ネクタイの結び目にひと差し指が挿し込まれ、しゅるりと解かれる。

続いてシャツのボタンがひとつ、ふたつ、みっつと外されていき、するりと内側に大きな手がすべり込んできた。

「……あ……っ！」

思わず喘《あえ》いでしまった自分に驚き、片手で口をふさいだのをいいことに、鵜飼は大胆にシャツをはだけてくる。

わざとぐしゃぐしゃに乱し、熱く湿った素肌を硬い爪でかりっと引っかいていく。

途端にざわりと快感がほとばしり、ああ、と息を吐いた。

「や……いや、だ、やめろ……」

「やめません。ひとはなぜ服を着るのか——その答えを貴方はもうこの身体で知っているはずです。淫《みだ》らな本性を隠したいからこそ、ひとは鎧《よろい》として服を纏うものなんですよ。貴方は私がこれまでに出会ったSubの中でももっともいやらしい」

「俺は——Subじゃ……な……っ、あ……あ……っ……ん、んー……っ!」

「Subです」

断言する鵜飼が憎たらしい。

胸をまさぐる男を思い切り払いのけられればいいのだが、じわじわと迫ってくる指が乳首をきゅっと強めにつまんできて、もう耐えられない。

「んん……!」

涙が滲《にじ》むほどの激しい刺激に喘ぎ、身体をバネのようにしならせて後頭部を男の肩口にぐりぐりと押しつけた。

「触ったばかりなのにこんなに硬く尖《とが》らせて……どれだけ淫乱なんですか、貴方は」

くくっと笑う鵜飼はますます意地悪く指を動かし、ふくらみ始めた尖りをくりくりと嬲《なぶ》る。根元をつままれて先端に向かって扱かれるのがたまらない。

男の乳首なんてちいさなもので、そもそも胸だって平らかだ。

触ったところでなにもおもしろくないだろうと靄《もや》がかかった意識で思うのだが、身体は正直だ。

すり潰されるように肉芽を揉み込まれると、ずきずきするぐらいの快感が弾け、息が浅くなる。

まさか、Ｄｏｍの己がＤｏｍに胸を弄《いじ》られて感じているのか。

そんなことがほんとうにあるのか。

Ｄｏｍが支配したいと思うのはＳｕｂだ。

これまでとくに意識してグレアを発したことはないが、Ｄｏｍとしての自覚はあった。父も母もＤｏｍだし、幼い頃から将来「ジョーディア」を支えていくように教育され、帝王学を叩き込まれてきた。

だからこそ、三十七歳という若さで社のトップに立ったのだ。

なのにいま、八歳も下の男に胸をいたぶられて喘いでいるなんて。

事実が飲み込めないまま、本能だけが暴走していく。

淫靡にはだけられた胸元は朱に染まった乳首が見え隠れしている。

それを確かめるかのように鵜飼が肉芽の根元からせり上げ、「どうですか」と鼓膜に染み込む低い声で囁いてきた。

「Ｓｕｂだと認めますか。もしくはＳｗｉｔｃｈか」

「違う、俺は——俺は……」

「この期に及んでまだＤｏｍだと言い張るのですか。ならば」

目を細めた鵜飼が再び肩を盛り上がらせ、グレアを発する。

瞼《まぶた》の裏がちかちかするような衝撃に、ついに床に膝をついてしまった。

ずるずるとしゃがみ込む紫藤を正面に向き直らせた鵜飼が舌舐《したな》めずりし、両脇に手を差し込んできたかと思ったら軽々と立ち上がらせ、洗面台に腰掛けさせる。

身体に力が入らない紫藤はされるがままだ。

「あなたがＳｕｂでもＳｗｉｔｃｈでも構いません。私のものになるのなら」

「ん……あ……っはぁ……っ」

両手でぐっぐっと胸筋を揉み解されて痛いぐらいなのに、スラックスの前がきつくなってくる。

乳首への快感が下肢にも繋がっているのだと知り、息を呑む。

いったい、この身体はどうなってしまうのか。

鵜飼が顔を近づけてきて、真っ赤にふくらんだ肉芽の先端をぺろっと舐め上げる。

「く……っ」

温かい舌がくちゅくちゅとやさしく乳首を舐《ねぶ》り回し、ときおり、根元を強く噛み締めてくる。飴《あめ》と鞭《むち》の使い分けが絶妙だ。

舌先でつんつんと先端をつついたかと思ったら、くにゅりと押し込んでくる。空《あ》いているほうの胸も放っておかれず、絶え間なく指で揉み潰された。

じんじんした疼《うず》きがこみ上げてきてどんなに声を殺そうとしても難しい。

「乳首でこれだけ感じているなら、こっちもそうですよね?」

スラックスを盛り上げている箇所を手のひらで覆われ、「――あ」と息を吸い込んだ。

「ふふ、硬くなっているようですね。見せてください」

「っ、やだ、いやだ……!」

力なく暴れたけれど、じゅるっと乳首を甘く吸い上げられて抗《あらが》えなくなってしまう。

むくりと押し上げる塊《かたまり》をスラックス越しにやわやわと揉みしだく鵜飼の手つきは酷だ。

真綿で締められるような快感にしゃくり上げ、荒い息を吐き出す。

「じっとしていてください」

鏡に上体を押しつけられ、下肢は彼の言うがままだ。

視線を絡めながら、鵜飼は時間をかけてジッパーを下ろしていく。ジリッと金属の噛む音が耳障りだ。

途中、何度かつっかえているのが欲望の形をあらわにしているようで悔しい。

目を眇《すが》めた鵜飼は綺麗な形をしたくちびるを開いた。

「見せて《プレゼント》ください」

くっきりと一音一音が脳裏に刻み込まれた。

――プレゼント。

それがコマンドであることは当然知識として知っている。

だが、紫藤は一度も使ったことがない。

ＤｏｍとしてＳｕｂを求めたことがないからだ。

いくら傲慢に振る舞っていたとしても、ベッドの上で誰かを支配したいと思ったことはない。それらしき欲望が兆したときは、主治医が処方してくれた抑制剤を飲むようにしていた。

肉体経験がゼロというわけではない。

この年になるまで、数人の女性とつき合ってきた。しかし、なによりも「ジョーディア」が頭にある紫藤に相手は愛想を尽かし、たいていの場合気づくと関係は自然解消していた。

目の前にいるのは、正真正銘《しょうしんしょうめい》、男だ。その男がコマンドを発している。

「聞こえませんでしたか？　見せてください」

今度は脳内に火花が散るような錯覚に襲われた。頭の中が鵜飼の声でいっぱいになり、無意識のうちにジッパーを割り開き、ぼうっとしながらボクサーパンツの縁に震える指を引っかける。

意地と本能がせめぎ合う中、ほんの少しだけ下着の縁をずらすと、ぶるっと鋭角にしなる肉竿が飛び出た。

「……ッ……！」

「私のコマンドが効いている証拠ですね。いやらしい匂いだ……それに形もいい。丸みを帯びた亀頭が舐めてほしそうに滴をたらしていますね。でも、ここはホテルのトイレです。お互いにまだ仕事がある。今日のところは手淫で私という者を知っていただきましょう」

不敵に笑い、ボクサーパンツをぎりぎりまで押し下げて肉竿をはみ出させ、根元をゆるやかに摑む。大きな手のひらが触れただけで達しそうだ。

他人の手を感じるのは久しぶりすぎて、感覚がおかしくなる。

絡みつく指がひどく熱い。

どくどくと脈打つ竿をゆったりと扱き始めた鵜飼の手の動きによって、快楽の波が押したり引いたりする。

くちゅり、と淫猥《いんわい》な音がするのは多すぎる先走りのせいだ。ときおりする自慰でだってこんなに濡れたことはない。

「くちくちと淫らな音がしますね。私のグレアを浴びすぎましたか？　それとも、初めてコマンドを受け止めたせいですか」

亀頭を手のひらの真ん中でくるくる撫で回し、そのままくびれをきゅうっと締めつけていく。

そしてそこで軽く上下させ、上目遣いに紫藤の反応を窺っている。

「や……っだ……いや、だ……ああ……っ……や、め……っ」

「声が蕩けてますよ」

低い笑い声が響く。

きゅ、きゅ、と締めつけたりゆるめたりして紫藤を追い詰め、ぬったりと肉茎を扱き下ろしていく。

くらくらするような快感に苛《さいな》まれ、声が止まらない。胸の中が熱いものでいっぱいで、はっ、はっ、と次々に息を吐き出さずにはいられなかった。

視線を絡めれば、意外なほど熱っぽいまなざしが返ってきて、こんなときなのに胸が甘く疼く。男っぷりがいい鵜飼が自分なんかの身体に熱中しているのがまだ信じられないけれど、鋭い美貌が上気していることに見惚《みと》れてしまう。

「濃い繁みだ。私好みです」

根元のくさむらをひと差し指でかき回し、そのままつうっと裏筋を辿ってくる。

浮いた血管を指でなぞられると全身がびくびくと震え、一歩間違うと射精してしまいそうだ。

悪辣《あくらつ》とも言えるほどのやさしい手つきがだんだんと強さを増し、快感を極めていく。

ぬちゅぬちゅと扱く音と自分の荒い息遣いが混ざり合い、否が応でも嫌悪感が増すが、身体のほうが先走ってしまって言うことを聞いてくれない。

怜悧なまなざしを向けてくる鵜飼がちらっと笑い、唐突にくちづけてきた。

「……ッ」

最初からぬるりと舌がもぐり込んできて獰猛《どうもう》に搦《から》め捕《と》っていく。くちゅくちゅと敏感な舌先を嚙まれ、舐られ、唾液を交わし合う。

嫌なはずなのに感じすぎて、全身が性感帯になったみたいだ。

ジャケットのポケットからハンカチを取り出し、紫藤のものに被せた鵜飼が囁いた。

「イく顔を見せてください」

「ん、ん……ッ……あぁ……っ！」

根元からずるうっと扱き上げられ、たまらずにびゅるっと白濁《はくだく》を放つ。

「あっ、あっ、あっ……あっ……あぁ……っ……」

「いい顔をしますね……私の目に狂いはなかった」

彼も興奮しているのだろう。わずかに息を弾ませ、ハンカチでくるんだ紫藤のそこをゆっくりと撫で、残滓《ざんし》を拭《ぬぐ》う。

それでも噴き零したものは多く、スラックスの中にじゅわりと染み込んでいく。

「初めて顔を合わせた男にイかされた感想はいかがですか」

ついっと眼鏡を押し上げた男を睨《にら》み据《す》え、握り拳を作る。一発殴らないと気がすまない。

「そろそろ……」

しかしそれぐらいのことは読んでいたのだろう。

拳を押さえ込んできた鵜飼が軽くくちづけてきて、「またお会いしましょう」と笑う。

「狭い業界です。こうなったのも運命と諦めて、また私と会ってくださいますね」

「……顔の形が変わるほど殴ってやる……」

「それを言うなら、貴方が貴方でなくなってしまうほど作り替えますよ、私は」

しれっとした顔で言い返す男は汚れたハンカチを丸めてゴミ箱に投げ入れ、丁寧に紫藤の服の乱れを直す。ネクタイを結ぶのが上手だ。

「……慣れてるな」

「乳首をいたぶるのがですか？　それともネクタイを結ぶのが？」

「……どっちもだ」

あまりの開き直りぶりに呆《あき》れた。

「なにごとも経験なので。貴方より年下ですが、相応の経験は積んでますよ。約束します。けっして貴方を飽きさせません。——そろそろパーティに戻らないと。貴方の秘書も心配し始める頃でしょうから」

「おまえはひとりで来たのか」

「身軽なのが信条です。私から連絡します。ではまた」

名残惜しそうに頰擦りをしたあと、鵜飼は冷徹な表情に戻ってトイレを出ていった。

そのうしろ姿を茫然《ぼうぜん》と見送るしか術がない紫藤は洗面台に乗ったまま。

「くそ……！」

胸の憤りをそのままに、がつんと鏡に思い切り拳を叩きつけた。

2

「紫藤社長、報告書が上がって参りました」

「わかった。見せてくれ」

秘書の野口が真面目な顔でデスクの前に立ち、ファイルケースを置く。ブラウンの革で作られたそれは社内外秘、野口だけに概要を打ち明けて探らせたものだ。

よくなめした表紙をめくり、最初のページに憎き男の顔を見いだす。

「鵜飼之孝……東京生まれの東京育ち、二十九歳。血液型はA型。株式会社『ピークタウン』社設立メンバーのひとりで、現在は社長。二年前に同社は東証一部上場。三百店舗以上の国内ファッションブランドが出店する『ピークタウン』に、海外ハイブランドを扱《あつか》う『ピークハイ』、その他アウトレットモールも運営。月商は約百億——独身で、家族もなしのＤｏｍ」

「そのようです」

「Ｄｏｍなのは確かなのか」

「はい。興信所に当たらせたところ、間違いなくＤｏｍだとのことです」

「この、家族もなしというのは？　親や兄弟がいないのか」

「いないらしいですね。まったくのひとり身のようです」

「親族も？　ひとりも？」

「見当たらなかったとのことでした」

「だったらどこかの施設で育ってきたとか……」

都内の有名大学に在学中から『ピークタウン』経営に深く関わっていた鵜飼は、卒業と同時に同社へと就職。そのままとんとん拍子に出世街道を走り、現在の地位を築いたようだ。

「その他として、喫煙癖あり、酒はたしなむ程度。過去に数人のＳｕｂと関係を持ったが、いまは特定のパートナーなし。裸眼では０．６。社内では温厚かつ、辣腕《らつわん》を振るうとのことで評判が高い。社員からも慕われている……まさか、あんな男が？」

「恐れながら。上がってきた報告書によるとそのようですね。浮いた噂も聞きませんし、ＤｏｍとしてそこらのＳｕｂを食い散らかすという悪行を耳にした者もいないとか」

「これだけ見れば品行方正、将来有望な男に見えるな」

ふんと鼻を鳴らし、革の表紙をぱたんと閉じる。

腕のある興信所に依頼した身上調査だったが、たいした埃《ほこり》は出てこなかった。

だったら、あの日あの夜、紫藤に仕掛けた淫猥な罠はなんだったのか。

社内でも一番身近に置いている野口にすら、あの出来事は打ち明けられない。

時間にすれば十五分か、二十分ほどのことだったのだろう。

パーティ会場から姿を消した紫藤を心配し、顔を見せたときには心底ほっとしていた野口に、「すまなかった。少しロビーで酔い醒ましをしていたんだ」と下手な言い訳をしたのが返す返すも口惜しい。

あれから一週間。

鵜飼の身辺を当たらせていた紫藤はこれといった成果も手にすることができず、社内の自室で煙草を咥《くわ》える。

このご時世、社内は全面的に禁煙なのだが、そこは社長の特権で、自室のみ気兼ねなく煙草を吸えるようにしておいた。

一応、フロアごとに喫煙ブースを設けているのだが、そこに自分がふらりと立ち寄ったら社員もリラックスできないだろうとの考えからだ。

紫煙がゆらりと立ち上り、薄く消えていく。

この煙のように、あの不埒《ふらち》な時間も脳裏から消えてしまえばいいのに。

鵜飼が残した罪な快楽の余韻は日ごとに濃くなり、皮膚の深いところに刻み込まれていくようだった。

手だけでイかされたのは初めてだ。しかも同性相手に。

DomとSubが存在する世界では異性愛も同性愛も等しくあるが、自分だけは異性にばかり惹《ひ》かれるものだと思っていた。

しかし、鵜飼の登場でそれも台無しだ。

同性相手に勃起し、極みに追いやられたという事実は日々刻々と紫藤を苛み、言い知れない熱を持てあました。

もう二度とごめんだと思う反面、もっと自分の知らない深みがあるんじゃないかといった兆しに嫌気が差してしまう。

経営者たるもの、好奇心旺盛でなくてはやっていけないが、鵜飼がしでかした事柄について掘り下げれば自滅が目に見えている。

「なにか飲み物をお持ちしましょうか」

「なら、いつものカフェでアイスコーヒーをテイクアウトしてきてくれないか。野口の好きなものも買ってきていいから」

「ありがとうございます。すぐに買って参ります」

控えめにお辞儀をした野口が部屋を出ていった途端、大きく息を吐き出した。

額に手をやり、うんざりだとばかりに椅子に頭をもたせかけ、天井を見上げる。

ジジ、と煙草が赤く燃え、灰色の先端が長くなっていく。

ガラス製の灰皿で煙草を押し潰し、両腕を頭のうしろで組んでもう一度天井を見た。

そして瞼を閉じる。

消えろ、消えてしまえ。

鵜飼のことなんか忘れてしまえ。

そう念じてもう一本煙草に火を点け、煙を思い切り吸い込む。ずしんと重たい感触が胸いっぱいに広がる感覚にはいつも時代錯誤感を覚えるが、大学時代からの習慣はなかなか直せない。

「あいつも煙草を吸うのか……」

鵜飼との共通点があるとしたら、愛煙家であることとＤｏｍであるということ。その二点のみだ。

あの男は紫藤をＳｕｂだと言い張ったが、まさかそんなわけがない。

ＤｏｍとＳｕｂ、そしてＳｗｉｔｃｈとＮｏｒｍａｌ。

この第二性にはいまだ謎が多く、血液検査で誰がどの性なのかと判明するほど医療技術は発達していない。

生まれた環境によるところも大きいと聞くし、遺伝だという話もある。Ｄｏｍの親からはＤｏｍの子どもが生まれることが多い。ＳｕｂやＳｗｉｔｃｈ、Ｎｏｒｍａｌも然り。

見た目で一発でわかる種ではないだけに、判別が難しい。

Ｓｕｂだと自覚していなかった者が、Ｄｏｍのグレアを浴びて己の性を知ったという話は耳にするが、眉唾ものだと思っていた。

――一週間前までは。

ほんとうに自分はＳｕｂなのか。それともＳｗｉｔｃｈなのか。

わざわざグレアを発さずとも、紫藤はいまの地位に昇り詰めてきた。

「ジョーディア」社長として号令をかければ、社員は奮起し、手足となって働いてくれる。

確かに自身でも傲慢《ごうまん》なところはあるだろうと思うけれども、「ジョーディア」を想うところに偽りはない。

この愛社精神こそ時代錯誤かもしれないが、両親から譲り受けた大切な会社だ。働いてくれる者も皆、「ジョーディア」の製品をこよなく愛し、顧客へのサービス精神を念頭に置いている。

だからこそ老舗として名を馳せてきたのだ。

業績こそ新興企業である「ピークタウン」には劣るが、こちらにはまごうことなき歴史がある。ひとびとに愛されてきたブランドとしての誇りがある。

「ピークタウン」は、ネット社会が当たり前になったいま、各ブランドをひとつのサイトにまとめ、デイリーやウィーク、マンスリーランキングで人気商品を表示し、客の興味を引くショッピングサイトだ。

買う側は、各ブランド名にあまり重きを置かず、自分の欲しいものだけをあちこちつまみ食いするといった感じだ。

それがいまの時代に即した買い方だとはいえ、やはり『このブランドの新商品だからこそ買いたい、予約したい』という欲求を紫藤は大事にしたかった。

いつでもどこでも、なんでも買える時代に、いちいち百貨店に足を運ぶ者も少なくなっている。

毎月の役員会議でかならず上る議題のひとつだ。

自社のオンラインサイトをもっと見直し、購買意欲をそそるような商品構成にできないものかと社内のＩＴ部門も日々工夫を凝らしているが、広告がうまくいっていないせいもあるのか、いまいちの業績であることは否めない。

「やっぱり対面販売に勝るものはないよな……」

そうは言うものの、紫藤もオンライン通販は利用している。

日々自宅で飲むミネラルウォーターやプロテインにシリアル類に始まり、本や音楽もオンラインで買うことが多い。

利点はやはり、時間場所を問わずに買えるということだ。

ただ、服は違う。絶対に違う。

いくら魅力的なモデルを起用した写真を使っても、実物の素材感までは伝わらない。シルクなのか、コットンなのか、ポリエステルなのかナイロンなのか。

はたまたニット製品なら手触りはどうなのか。羽織ったときの重さはどうなのかという体感は、実店舗で手にしてもらって初めて客に伝わるものだ。

色だってそうだ。

各個人のモニターによって色の出具合が異なるから、『思っていたのと色が違う』という意見が散見されるのはオンライン通販ならではの弱みだと考えている。だとしたら、靴だってそうだ。履いてみたときのフィット感は、やはり直に試してみないことにはわからないものだ。

いまでこそ、返品、キャンセル無料と謳《うた》うオンラインサイトも多くなったが、宅配業者に届けてもらい、自宅のみで試着や試し履きをして好みやサイズが合わなかった場合、所定の手続きを踏んで返品するというのもまた面倒だ。

だったら、店に行ったほうが早いのではないか。そのほうが実物の素材や色味を確かめられるし、試着だってできる。

時代の最先端を行く「ピークタウン」と、歴史を背負った「ジョーディア」。

オンライン通販をメインに据えた企業と、対面販売を大切にしている企業。

我が社に限ったことではないが、これはもはや戦いだ。

オンラインで買おうと思えばなんでも買える。

本だって音楽だって映画だってデータで買える。

だけど、紙をめくる楽しさや、CDケースのパッケージを開ける期待感、劇場で灯《あか》りが落ち、スクリーンが灯《とも》るときのときめきだってまだ残されていい感覚だ。

ちょうど時代の狭間にいるのだと思う。

淘汰《とうた》されていくのか、しぶとく生き残るのか。

時代の寵児《ちょうじ》ともてはやされる鵜飼からあれだけ挑発的なことをされたのだ。次に会う機会があったらただじゃおかない。

そう誓って重たい煙草を吸い込んでいると、デスク上に置いていたスマートフォンが着信音を響かせる。仕事専用の電話番号だ。

いったい誰だろうと画面を見たが、覚えはない。

「……もしもし？」

『紫藤さんですか、こんにちは。鵜飼です』

胸の裡《うち》で呪っていた矢先にお出ましだ。

「いったいなんの用だ」

思わず気色《けしき》ばむと、電話の向こうで可笑《おか》しそうな笑い声が上がる。

『一週間前はありがとうございました、と礼を言いたかっただけですよ。この七日間、私は貴方のことばかり考えていました。貴方はいかがでしたか』

「ちっとも思い出さなかった」

嘘だ。

この一週間、なにかにつけて鵜飼のことを考えていた。

高級ホテルで開催されたパーティ中に起こったアクシデント。

……アクシデントどころじゃない。

暴かれたのだ、この身体を。

こともあろうに男性トイレで下肢をまさぐられ、イかされたのだ。

あのとき、いつ誰が入ってきてもおかしくなかったのに。

そう思うとどっと冷や汗が噴き出してくる。

『つれない方ですね。まあ、そのほうが落としがいがあるというものですが。――今夜、一緒に食事しませんか？』

「そんな暇はない」

『この間のようなことはしませんよ。順序が逆になってしまいましたが、きちんとご挨拶したくて。美味しいフレンチにご案内します。同業の先輩として、いろいろとご助言いただけませんか』

「……」

『紫藤さん、どうかよろしくお願いします』

言葉に詰まる。

根が体育会系なので、請われたり慕われたりすると弱いのだ。

それに、今日の鵜飼は真面目な声音だ。

一週間前の不埒な熱などなかったかのごとく、真摯な声を聞いていると、ついほだされてしまう。

「……食べたらすぐ帰るからな」

『ありがとうございます。では、私のほうで手はずは整えておきますので、夜七時頃に、銀座和光《ぎんざわこう》の前で待ち合わせませんか』

「七時か、ちょっと待て」

手元のスケジュール帳をめくる。

今夜はとくに会議や会食の予定がないので、問題なさそうだ。いや、緊急会議のひとつぐらい突っ込まれてもいいのだが。

ため息をつき、「わかった」と答えた。

「和光の前で会おう」

『楽しみにしています』

電話を切り、盛大に息を吐き、大きな窓から外を眺める。

表参道の賑《にぎ》やかさが伝わってくる一等地に、「ジョーディア」はあった。複合施設内のツーフロアを借り上げ、「ジョーディア」本社としている。

デザイナーが働く場や倉庫はまた別の場所にあった。

最新の流行を読み取るなら、やはり渋谷《しぶや》、原宿《はらじゅく》、表参道が強い。「ヨシオ　タケウチ」の旗艦店もこの表参道にあるぐらいだ。

興信所を使って調べ上げた鵜飼の身上だが、実際に話してみないことにはわからないことも多いだろう。

同業の先輩、なんて持ち上げられたが、果たしてほんとうにそう思っているのかどうか。

——この目で確かめてやる。

大勢のひとで賑わう通りを見下ろし、紫藤は深く息を吸い込んだ。

銀座の夜は華やかだ。そこら中に灯りが灯り、仕事終わりのひとや着飾ったひとびとが行き交う。

交差点を渡り、銀座のシンボルのひとつでもある和光を目指した。

美しくディスプレイされた大きなウィンドウ前に、すっきりと姿勢のいい男が立っている。腕時計を確かめると六時五十分。時間より早めに着く男らしい。

「待ったか」

声をかけると、通りを眺めていた鵜飼が向き直り、「こんばんは」と笑う。

「お忙しいのにお呼び立てしてすみません」

「いい。今夜はとくに予定がなかったから」

「お腹、減ってますか。店はすぐそこです」

話し合いながら歩き出し、みゆき通りに入っていく。

鵜飼が予約を取ったというのはガラス張りの洒落たビルの二階にある店だ。

「鵜飼様、お待ちしておりました。こちらへどうぞ」

親しみを込めた笑みを浮かべるウエイターが窓際の個室に案内してくれる。

ネイビーのクロスに銀のカトラリーが映えている。端には慎ましやかなピンクの薔薇《ばら》が一輪飾られていた。

「コースにしましょうか。ここはどの肉も美味しいですが、私がお勧めするのはトリュフ入りのハンバーグです。ミディアムレアで焼いてもらうだけあって、濃密な味ですよ」

「じゃ、それにしよう」

「ドリンクは?」

「炭酸水で」

せっかくのフレンチなのだからアルコールを入れてもよかったのだが、しっかり気を引き締めていたい。

――もしかしたらあの夜の出来事は酒が入っていたせいかもしれないから。

素っ気ない紫藤に、鵜飼は気を悪くしたふうでもない。やってきたウエイターにオーダーし、「今夜はお時間を割いていただき、ありがとうございます」と律儀に頭を下げる。

「突然のお誘い、失礼ではありませんでしたか」

「ここまでセッティングしておいて言うことか」

「ですよね」

悪びれもせず、鵜飼は炭酸水が注がれたグラスを手にする。

乾杯する気分ではなかったので、紫藤も黙って弾ける味を味わう。しゅわしゅわした強めの炭酸が気持ちをいくらかすっきりさせてくれる。

前菜として運ばれてきたトウモロコシとウニのジュレをひと口食べ、「……美味しい」と呟《つぶや》くと、鵜飼がやっと微笑んだ。

「お口に合ったらよかったです。気に入ってるんですよ、この店。大切な方をお連れする際の店のひとつです」

「いまや飛ぶ鳥を落とす勢いの『ピークタウン』だもんな。きみと食事したいと言う者は多いだろう」

「仕事上、ではね。ですが、貴方は私にとってほんとうに特別ですから」

「……どういう意味だ」

「言ってもいいんですか？」

「言わなくていい」

むっと口を閉ざしたものの、メインのハンバーグがサーブされたことであらためてフォークとナイフを手にした。

湯気を立てるハンバーグを切り分けると、とろりと濃いトリュフが見える。ひと切れ食べてみると、なんとも豊かな味わいで美味しい。焼き具合も絶妙だ。

無言で食べ続け、合間に爽やかな炭酸水で口直しをする。

「『ジョーディア』は、貴方で五代目なんですよね。そんなに長い間続いているなんて素晴らしいです」

「褒めたってなにも出ないぞ」

「本心です。『ピークタウン』は私たちが設立した、まだひよこのような企業ですから」

「……それでも月商百億はいってるだろう」

「いまはネット通販の時代ですからね」

さらりと返されて癇《かん》に障る。

「実際に商品が届いて想像していたのと違うとかクレームはないのか」

「それは当然ありますよ。うちのコールセンターは日々フル稼働です。ですが、返品無料ですし、アフターケアもしっかりしていますからね。いまのところ、購買者の良心に甘えています」

「調子に乗っていると痛い目に遭《あ》うぞ。ネット通販じゃ顧客データが流出するとか、よくあるじゃないか」

「そのへんのセキュリティにも力を入れています。二十四時間モニタリングして万全に万全を期しています」

まこと優等生な答えが返ってきて言葉もない。

「電話じゃいろいろ話したいなんて言ってたが、俺がアドバイスすることなんてほとんどないだろう。きみはうまくやっている、以上」

「仕事はそうかもしれません。でも、私生活はなかなかそうじゃなくて。——この間出会ったひとがどうしても忘れられないんですよね。恋の相談は受け付けてくれますか？」

「俺相手に？　学生かきみは」

「いいじゃないですか。大人になったからこそ、迂闊《うかつ》に恋の相談が周囲にできないんですよ」

「……まあ、そういうものかもしれないが」

「ひと目惚れしたんですよね、同性に」

冷静に見えても、その声は熱っぽい。

「どういう相手なんだ」

「仕事熱心で、ときどき横柄です。回せるものなら世界は自分が回してやると思っているタイプです」

「ずいぶん傲慢な相手に惚れたもんだな」

「貴方のことですけど」

「は？」

「これです」

目の前にスマートフォンを突き出された。ボリュームは絞ってあるが、なにやら声がする。

『や……いや、だ、やめろ……』

その声が自分のものだと把握した途端、真っ青になった。

血の気が引いていく、というのを体感したのは生まれて初めてだ。

すうっと頭の芯が冷え、目に映る四角い板になにが映し出されているのか把握できるようでいて、けっしてしたくない。

『俺は――Ｓｕｂじゃ……な……っ、あ……あ……っ……ん、ん――……っ！』

『Ｓｕｂです』

鵜飼がかすかに笑う。

「よく撮れています」

「おまえ……」

搾り出した声が掠れていた。

「いつ……いつ、こんなものを……」

「あのとき、私がなんの用意もしないで貴方を襲うと思いましたか？　そんな不手際はしない。はっきり言いますが、私はこれを使って貴方を脅《おど》します」

「――犯罪行為だろう！」

「ＤｏｍとＳｕｂの他愛ないいちゃつきですよ。しかし、この映像がもし世に出たら大騒ぎになる。誰しもがＤｏｍだと思っていた貴方がまさかＳｕｂだったなんてバレたら、格好のスキャンダルになりますよね」

そこで鵜飼が声を落とした。

「しかも男の私にいたぶられて感じまくって」

「貴様！」

摑んだグラスを投げつけようとした寸前、手首をぐっと押さえ込まれた。

「この店での私は上客なので、乱闘は困ります。お静かに」

「おまえが焚《た》きつけたんだろうが！　早くその映像を消せ！」

「駄目です。これは私の切り札です。貴方がＳｕｂだと自覚するまで」

そこで鵜飼は目を眇め、艶《つや》やかな声を放った。

「跪《ニール》きなさい」

「……ッ！」

命じられた途端、ぶわりと身体の芯が熱くなる。

抗おうにも抗えない暴力的な熱が奥底で生まれ、紫藤をいいように振り回す。

ぐらりと身体が傾ぎ、自分でもわけがわからないうちに椅子からすべり落ちていた。

床に膝をつき、なんとか立ち上がろうとテーブルに震える手を伸ばすものの、空《から》になったグラスが落ちてきただけだ。

無様な姿を冷徹《れいてつ》に見下ろす鵜飼は王者そのものだ。

椅子ごと身体をずらし、両膝を大きく開いて紫藤を招き入れるような姿勢を取った。

「こちらに来《カム》て」

「……いや、だ……いやだ……！」

「頑固なＳｕｂですね。そういうところも好ましいのですが」

くすりと笑う鵜飼が手を伸ばしてきて、紫藤の後頭部を引き寄せ、やさしくまさぐる。

「痛い目に遭わせたいとは思っていません。だが、貴方は私のコマンドに逆らえない。なぜなら貴方は私だけのＳｕｂだから」

「違う……ちがう、俺は……Ｓｕｂじゃ……！」

「咥《リック》えなさい」

なにを言われたのか一瞬わからなかった。

だが、身体が勝手に動いてしまう。

駄目だ、やめろと己を止める理性が砂糖よりも脆《もろ》く崩れ、紫藤の身体は鵜飼の両足の間に入り込んでしまう。

彼の両膝に縋《すが》るようにしてずり上がる。

いけないと理性のアラームはさっきから鳴りっぱなしなのに、本能が暴走してしまう。

鵜飼は楽しげに笑い、ベルトをゆるめ、スラックスの前をくつろげた。グレーのボクサーパンツをぎりぎりまで下げ、いきり勃った雄を見せつけてくる。

「あ……」

漲《みなぎ》った肉棒はたっぷりとエラが張り、くびれとの差が極端だ。

先端の蜜口からとろりと透明な先走りがあふれ出しているのを見て、思わずごくりと息を呑む。

なんて生々しいのか。

「触れて」

「……っぅ……」

嫌悪感を抱いてもおかしくないのに、身体は目の前の男を欲しがっていた。

触りたい。握ってみたい。——舐めてみたい。

「ほら、怖いことはしませんから」

やさしい声にそそのかされ、前のめりになる。

震える手で鵜飼のものに触れると、ひどく熱い。

びくっと怯《おび》えて一瞬手を離したが、指先に残る淫靡な感触が忘れられず、熱に浮かされたかのごとく今度はもっとしっかり握り締めた。

「いやらしいぞ、おまえ……」

「貴方だからこうなるんですよ。さあ、口を開けて、ひと舐めしてみて」

もうなにも考えられない。こうなったら燃え盛る本能に従うだけだ。

握った太竿の先端をこわごわ舐めてみた。少ししょっぱい。

だけどもっと奥に濃厚な蜜が隠されていそうで、ちろちろと先端を舐め回すうちに夢中になっていく。

舌で味わう弾力が癖になりそうだ。

「思い切って口に含んでごらんなさい」

「……っん……」

命じられているのだから仕方がない。そう言い聞かせるのだが、鵜飼のコマンドは素早く体内に吸収される毒みたいなもので、即座に効果を現す。

大きく口を開き、亀頭を頬張った。

舌の上に残る丸みがなんとも卑猥だ。

複雑な味をもっとはっきり確かめたくて、舌全体で亀頭をぐちゅぐちゅと舐り回し、次第に激しく頭を前後させる。

「美味しいですか？」

「っん、ん……は……ぁ……っ」

一個の会社を背負う立場なのに、いまの紫藤は鵜飼という男を欲しがる飢《う》えた獣だ。

しかも銀座という一等地のレストランの個室で。

男のものを口で愛撫《あいぶ》しているなんて。

舐りながら目を上向けると、鵜飼はスマートフォンを構えていた。この痴態も記録しようというのだろう。

「ん……や……だ……っ」

いっそ歯を突き立ててやればいいのに、「もっと淫らな舌遣いをして」と命じられると頭よりも先に身体が動き、大きくのぞかせた舌で亀頭から竿をべろりと舐め下ろしていく。

屈辱を感じてもいいはずなのに。

もっと欲しい、もっと駄目にしてほしい。奉仕したい。尽くしたい。

ちゅぷちゅぷと舐め回し、丁寧に裏筋を舌先で辿っていく。

根元にうずくまるくさむらをもくちびると舌で味わい、さらにその下の陰嚢《いんのう》にはどれだ

けの蜜が溜まっているのかと想像しただけで腰が疼く。

頬張り切れない部分は両手で扱き上げ、男を悦ばせる。

きつい場所に収まっている陰嚢を舌先でくにゅりと押したのがスイッチになったようだ。

とっさに鵜飼が紫藤の後頭部を掴んできて大きく腰を遣い、「飲んで」と命じるなり、どっと熱い白濁を放ってきた。

「ん……！　ん、んっ……んぅ……っ」

びゅくりと喉奥をめがけて放たれたそれを夢中になって飲み下し、あまつさえ後処理をするみたいにぺろぺろと舐め回してしまう。

犬みたいだ、と己をなじりながらも、本能には逆らえない。

欲しくて仕方がないのだ、この男が。

こころから。

「よくできましたね、いい子だ《グッドボーイ》」

わずかに上擦った声の鵜飼が頭を撫でてくる。その骨張った感触にすらうっとりしてしまう自分はいったいどうしたというのだろう。

まだ力の入らない紫藤を抱き締めてくる鵜飼は、「納得しましたか？」と訊《たず》ねてきた。

「Ｓｕｂだということを認めますか」

力なく、頭を横に振った。

完全に屈服したわけではないが、ここまでしておいて違うと言うわけにもいかない。

「俺は――Ｓｕｂなのか……」

「そうです。私だけのね」

床にへたり込む紫藤の前に身繕いした鵜飼が跪き、熱っぽい視線を絡めてくる。

「まさか、ここまでしてくれるとは思わなかった……私のコマンドは染みましたか」

「……食いちぎりたくなるぐらいにな」

呻《うめ》く紫藤にくすくす笑いながら、鵜飼は頬擦りしてくる。彼もまだ欲情しているらしく、その色香にくらくらする。

「貴方はほんとうにいい子だ。お返しをしてあげなくてはね」

「ここで……？」

うろうろと視線をさまよわせたのが可笑しかったらしい。鵜飼が耳元で囁いてきた。

「私の部屋へ来てください」

3

東京下町の清澄白河《きよすみしらかわ》でタクシーを降りると、鵜飼が「こちらへ」といざなってくれる。

「広尾《ひろお》や麻布《あざぶ》に住んでるのかと思った」

「ああいうハイソサエティな街は意外と住みにくいんですよ。コンビニもスーパーも少ないし。その点、このあたりはファミリー層も多いから、大きい公園なんかもあります。私もよく散歩やジョギングをしたりしてますよ」

「おまえがジョギングを？　なんだか想像つかないが」

食事をし始めた頃は一応気遣って「きみ」と呼んでいたが、淫靡な時間をともにしたいま、取り繕う意味もない。

鵜飼は気を悪くしたふうでもなく、手提げ鞄《かばん》の中からキーケースを取り出し、オートロックを解除する。

外観は至って普通のマンションだ。六階建ての最上部までエレベーターで昇り、鵜飼の背中を追って歩く。

角部屋の扉を開けながら、鵜飼が先に入り、スリッパをそろえて出してくれた。

「どうぞ。めったにひとを招かないので、散らかっていると思いますが」

「……失礼する」

新品らしいスリッパを履いて廊下の突き当たりにあるリビングに入ると、シックなモノトーンのインテリアでまとめられたリビングダイニングが広がっていた。二十畳以上はあるだろうか。

カーテンは無地のオフホワイト、ソファは光沢の美しいグレイの革でできている。散らばったクッションもホワイトとブラック。テレビボードもブラック。

散らかっているなんてとんでもない。部屋の隅々まで綺麗にしてある。

大型の薄型液晶画面のスイッチを入れ、夜のニュースを流しながら、ジャケットを脱いでソファの縁にかけた鵜飼が訊《き》いてきた。

「なにか飲みますか。アルコールならビールかワイン、ソフトドリンクならウーロン茶かグレープフルーツジュース」

「ビールをくれ」

まだ先ほどの余韻が抜け切っておらず、しらふじゃいられない。

冷蔵庫を開けた鵜飼がよく冷えた缶ビールを手に、ソファに腰掛ける。大きく取られた窓から外を眺めていた紫藤に、「お座りください」と言う。

「ここにはひとりで住んでいるのか。だいぶ広いように思うが」

「4LDKですが、寂しいひとり身ですよ。今夜は貴方がいるから特別だけど」

ご丁寧にも缶ビールのプルタブを引き抜いて渡してくる彼の隣に、距離を空けて腰を下ろす。

L字型のソファは大の大人ふたりが座ってもまだ余裕がある。

「そんなに警戒しなくても」

「あれだけのことをしておいてよく言う」

乱暴に缶ビールを奪い取り、ひと息に半分ほど呑み干した。軽い苦みが胸の鬱屈《うっくつ》を追い出してくれるようで、ほっと息をつく、
開いた両足の間で冷えた缶を握り締め、視線を落とす。

「俺は……やっぱりSubなのか。Domじゃなくて」

「Subです。先ほど私のコマンドに反応したでしょう？　貴方は理性を総動員させて抗おうとしたが敵《かな》わなかった。尽くしたい、可愛《かわい》がられたいというSubならではのこころがあらわになっただけのこと」

「くそ……」

「なにか不満がありますか？　もしかして、DomよりSubのほうが下等だとでも思っているんですか？」

両手の中でぐしゃりとアルミ缶がへこむ。まるで自分の理性のような脆さだ。

「そんなふうには思っていないが……」

「不満そうですね。貴方はどうやらＳｕｂに偏見を抱いているようだ。そんなことはありません。ＤｏｍだってＳｕｂと同様に、可愛がってあげたい、守ってやりたいと心底願っているんですよ」

「俺を脅しておいて守るなんて」

不満げに鼻を鳴らす。それから室内を見渡し、「監獄みたいだな」と正直な感想を漏らした。

「品はあるが、色がなくて寒々しい。白と黒と灰色だけなんて気が滅入《めい》らないか」

「視界にたくさんの色が入ってくると落ち着かないので。仕事柄、カラフルな商品を日々山のように目にするでしょう。だから、自分の部屋ぐらいは色数を少なくして目を休めたいんです」

ソファに深く背を預けた鵜飼はネクタイの結び目をゆるめ、美味しそうに缶ビールを呷《あお》る。

どこからどう見ても品格のある大人のＤｏｍで、銀座のレストランでも堂々としていたのに、いまのほうが自然に見えた。自宅だからくつろいでいるのだということもあるだろうが。

整った髪をくしゃりとかき上げ、ビールを美味そうに飲んでいる男の喉元から目が離せない。

やたら色気があるのだ、鵜飼という男は。

Ｄｏｍだと思っていたはずの紫藤さえ見惚れる鋭い色香を漂わせる男は不意に眼鏡を外し、鼻の付け根を指で揉み込んでいる。

「目が悪いんだよな、おまえは」

「ええ、まあそこそこに。眼鏡をかけていないと貴方の顔もぼんやりしてしまう」

ふっとちいさく息を吐き出した鵜飼はあっという間に一缶飲み終わり、二本目を持って戻ってくる。

「酒に強そうだな」

「酒豪だとは書いてませんでしたか、興信所の報告書には」

「……知ってたのか」

「これでも、『ピークタウン』をまとめ上げる立場ですよ。隙を突いてスキャンダルを引っ張り出そうとしている輩には注意を払っています。ご心配なく、酒乱ではないので」

言葉どおり、二本目をゆっくり味わっている鵜飼は先ほどのレストランで見せた欲情が嘘に思えるように静かだ。

「親兄弟も親族もいないんだったな。一代で『ピークタウン』を築いた馬力はどこで培《つちか》ってきたんだ」

「私なりの復讐ですよ。この世界に対して」

穏やかではない言葉を耳にし、真顔になる。

姿勢を正した紫藤に軽く横顔で目配せする鵜飼が、ひと差し指をくちびるの前に立てる。

まるで秘密を打ち明けるように。

「――私はどこの誰とも知れぬ人間です。記憶がある頃にはもう養護施設にいました。たぶん、乳児の頃に捨てられたんでしょうね。十八歳になるまで施設で暮らし、暇さえあれば夢想していました。……もしも私に家族というものがあって、なんの憂《うれ》いもなく両親の下で暮らしていたら、誰かの着古したものではなく、値札がついた真新しい服を身に着けていたんだろうなと。土曜日は家族そろって夜更かしして映画を観て、日曜の朝はみんなで寝坊して、遅いブランチを食べたら親子で近くの公園に遊びに行く。そんな妄想をよくしていました」

淡々と語る彼の声に引き込まれ、言葉が出てこない。

出会ったときから挑発的だった鵜飼のこころのひどく奥深い部分に少しだけ触れた気がして、口を閉ざしていた。

「幼い頃から見知らぬ他人のお下がりばかり着ていた私にとって、ファッションとは憧れとともに憎しみの対象でもあったんです。ぴかぴかに輝くショーウィンドウを見つめてはため息を漏らしていた。『買ってあげるよ』と言ってくれる者はひとりもいませんでした。

だから、自分で買うことにしたんですよ。最新のファッションブランドに声をかけ、ネット最大のショッピングモールを作るほうが私にはたやすかった。家族を作るよりも、ずっとね」

「そう、か」

「恵まれて育った貴方には絶対にわからないでしょうね、こんな感覚」

薄く笑う彼の横顔を見つめ続けた。

正直、わからない。嘘はつけない。

「……すまん、わからない」

「謝ることではないですよ。貴方と私とでは生まれ育ちが違うのは当たり前なんですから」

「その違いを含めて、俺を辱《はずかし》めているのか」

「辱め？」

眼鏡をかけていない鵜飼が驚いたように目を瞠《みは》る。それから、「そうか、……そうかな」と独り呟く。

「私にとっては最大の愛情表現なんですが、紫藤さんにはそのように映りましたか」

「それ以外なんだと言うんだ。最初のときだって、今日だって。俺を試すようなことをして」

「試すなんてとんでもない。私だけのＳｕｂだということを知ってほしかっただけです」

「そんな甘言には乗らないぞ。俺が正真正銘のＳｕｂだとはまだ認めていない」

「強情ですね、貴方もほんとうに」

深く息を吐き出す鵜飼が空になった缶をローテーブルにことりと置く。

「強引な手はあまり使いたくないんですが」

「……またグレアを浴びせる気か？」

身を乗り出してきた彼から逃げるように、あとじさる。

「グレアは発しません。もしも貴方がＤｏｍだと言い張るならば私のグレアは効かないでしょう？　コマンドだって」

「そう、だが……」

「だとしたら、これから起きる出来事はすべて合意の上です。嫌だったら私を殴ってください。蹴ってもいい。徹底的に突き放してください。……ほんとうに嫌《いと》なら」

押されてソファに寝そべる形になった紫藤に覆い被さった鵜飼が愛おしげに目を細め、頬擦りしてくる。

「……っ」

嫌だ、と言おうとしたが、声にならなかった。

温かい感触が思いのほか心地好い。

気遣うような仕草で鵜飼が紫藤の額に垂れ落ちる髪をかき上げ、目尻にキスを落としてくる。

鼻の付け根にも、眉尻にも、くちびるの際にも。

触れるか触れないかという至近距離で、熱い呼気がかかる。

視線を絡めれば、鵜飼はうっすらとした欲情を滲ませていた。しかし、無理強いをする気はないらしい。

「鵜飼……」

無意識に彼の両肩を摑む。思ったより着痩せするたちだ。ワイシャツを通して、しっかりとした上質の筋肉を感じる。

「コマンドは出しません。グレアも」

念押しした鵜飼が慎重な様子で顔を近づけ、くちびるを重ねてきた。

やわからく、しっとりしている。それに、熱い。

せつない過去をつむいだくちびるが角度を変えて押し当てられる。

「……っん……」

コマンドもグレアも受けていない紫藤は正気を保ちながらも、彼のやさしいキスを受け止めていた。

くちびるの表面を甘く吸われ、あまりの気持ちよさに息が漏れる。髪を撫でる指先も穏

やかだ。

「はねつけるのはあなたの自由意志ですよ。いいんですか、この先に進んでも」

訊かれて戸惑い、浅く顎《あご》を引いた。

「……まだ、止めない。嫌だったらはっきり言う」

「そうですか」

可笑しそうに笑う鵜飼が深くくちびるを押しつけてくる。舌を挿し込まれ、くちゅりと淫らな音が脳内に響いた。

熱い舌が口内をかき回し、歯列を丁寧になぞっていく。大きな舌が少しだけ息苦しくて喘ぐと、じゅるっときつく吸い上げられる。

うずうずと表面を擦り合わされ、伝ってくる唾液にこくりと喉を鳴らす。とろとろとした彼のそれを飲み込むたび、身体の最奥《さいおう》が微妙に疼く。

……感じ始めているのだろうか。

息が乱れ、思わず彼の背中に手を回した。

密着する胸から速い鼓動が伝わってくる。彼も高揚しているのだと思ったら、ちょっと可愛く思えた。

自分より年下だ。少しぐらい可愛い面が見えないとつき合えない。

存分に舌を吸い取った鵜飼は顔をずらし、首筋をそっと食《は》んでいく。ときおり強く吸わ器用にネクタイとワイシャツのボタンを外され、うっすら汗ばんだ胸が外気に晒《さら》される。

その頃にはもう組み敷かれていた。

乱れたシャツを剝《は》ぎ、鵜飼は平らかな胸をじっと見つめてくる。

その強い視線に炙《あぶ》られそうだ。

落ち着かなくてもぞりと身じろぎすると、「見せて」と請われる。それは囁きで、コマンドではない。

「男の胸なんか見たって楽しくないだろう……」

「そんなことはありません。鍛えているんですね、紫藤さん。綺麗な胸筋だ。……吸いつきたくなる」

言うなり、鵜飼が胸にキスしてきた。ちいさな尖りを口に含み、くちゅくちゅと舐り転がす。

「……っ、ん」

くすぐったい。むず痒《がゆ》い。

そんな感覚の次に奇妙な快感がやってきた。

乳首に執心《しゅうしん》する鵜飼は軽く歯を立て、やわやわと嚙み転がし、ずるく吸い上げる。

それだけでもう息が切れてしまう。

「馬鹿……っそんな、ことしても……」

「感じない？」

乳首を咥えたままの男に問われ、視界がぼやける。舌先で肉芽をくるまれ、じゅうっと吸われると勝手に腰がびくんと跳ねた。根元を少し強めに噛まれるのがいい。うっかりすると喘ぎ声を上げてしまいそうで、必死に奥歯を噛み締めた。

胸で感じるなんて変だ。男なのに。――だけど、Ｓｕｂかもしれない。

鵜飼はコマンドを出さないと言ったが、この身体は彼の言葉を生真面目に受け取り、反応しているかのようだ。

「ほら、こんなにぷっくりしてきました」

熱心に愛撫していた乳首からくちびるを離し、ピンとひと差し指で弾いてくる男の髪をぐしゃぐしゃにかき乱す。

むず痒さは、いまやじわりと身体の奥底から滲み出す快感に変わっていた。

しかし、素直に気持ちいいと言うのは抵抗感がある。

必死に弾む息を抑え、意識を散らそうとするけれど、乳首を吸われるここちよさにどうしたってこころが奪われてしまう。

そこをもっと集中的にいたぶってほしい。なんだったら、噛みまくってほしい。

初めての衝動は紫藤を振り回す。

「……っう……ん……」

髪を乱しながら喘げば、鵜飼は乳首をつまんだまままさらに顔をずらし、下肢へと辿り着く。ベルトをゆるめ、ゆっくりとジッパーを下ろしていく。押し上げる熱の塊を愉しむかのように手のひらで撫で回す。

「ガチガチだ。もう硬くなってる」

舌舐めずりした紫藤が下着ごとスラックスを押し下げた途端、ぶるっと硬い性器がしなり出る。

反応のよさが恥ずかしくてたまらないが、隠しようがない。

「こうしてじっくり見るといやらしくて最高だな……紫藤さんのここは」

筋の浮いた肉茎を根元から摑み、鵜飼は先端にちゅっとくちづける。

身体が小刻みに震えた。そこをいまから咥えようとしているのか。

鵜飼はなんのためらいもなく亀頭を舌でくるみ、じゅるっと吸い上げた。それだけで達してしまいそうだ。

昂《たか》ぶる肉竿をちろちろと這う舌が淫猥だ。やけに熱く、ひりひりするぐらいだ。

「鵜飼……っ」

巧みに扱かれ、ちゅ、ちゅ、と絶え間なくくちづけられる。

蕩けそうだ。腰から下がぐずぐずで、ぱくりと亀頭を頬張られて口輪でくびれを締めつけられて呻いた。

そこで頭を上下されると耐えられない。

じゅっ、ちゅるっ、と猥雑な音を響かせながら口淫を続ける鵜飼はいままで誰とどんな関係を築いてきたのだろう。そのことを思うとこころが妙にねじれて、拗《す》ねたくなる。

まさか、彼の過去に嫉妬しているのか。

陰嚢をいたずらっぽく舌先でつつかれ、一気に射精感が募った。

「あ、あ……馬鹿……駄目だ……！」

乳首を捏《こ》ねられながらじゅうっと吸われて、たまらずに彼の口の中に放ってしまう。知らなかった快感と、身に覚えのある快感が直結して、意識がふわりと弾ける。

ごくり、と飲み干す気配がした。

「……あ……っあぁ……っ」

「溜めてたんですね。とても濃かった」

恥ずかしさに身震いし、慌《あわ》てて彼の頭をどかそうとしたが、押しのける手に力が入らない。

「……すまない……」

「どうして謝るんですか。私が貴方にしてあげたかったんですよ」

濡れたくちびるを舐め取る仕草がやけに卑猥だ。

「このままでいてください」

鵜飼は立ち上がり、リビングから姿を消す。しばらくしてから濡れたタオルを持って戻ってきた。

「じっとしていて」

ほどよい熱さのタオルで下肢を拭われ、シャツや下着、スラックスを元に戻される。それから隣に腰掛けてきた鵜飼が、ぽんと胸を軽く叩く。

「私のことを少しは気に入ってくださいましたか」

「……こんなことで気に入ったらおまえに失礼だろうが」

「先に私が貴方にフェラチオをさせたんですよ？　もちろん、私は最高に気に入りましたが」

「そういうことをさらっと言うところが気に入らない」

ぼやいて身体を起こし、もたもたとシャツをスラックスに押し込む。鵜飼がもう一度立って、ミネラルウォーターのペットボトルを持ってきた。

「落ち着きましたか？　落ち着いたら仕事の話でもしましょうか」

そう言う彼の表情は恬淡《てんたん》としたもので、仄暗《ほのぐら》い過去を打ち明けたときとまるで変わらない。

「それともお風呂に入りますか。全身洗って差し上げますが」

「……いい。風呂、借りる」

ペットボトルを持ち、「リビングを出たら左側の扉です」という声に従った。

なんだかいろいろありすぎて、頭が混乱している。

レモンイエローの爽やかなバスタブには新しい湯が張ってあった。自分をここに連れ込んだとき、鵜飼はもう用意していたのだろうか。

サニタリールームで服を脱ぎ、身体のあちこちを確かめる。これといって痕は残っていないが、指やくちびるの感触は鮮やかだ。

バススポンジにボディソープを塗りたくり、全身を泡立てる。柑橘系のシャンプーで髪も洗い、蓋《ふた》を開けたペットボトルを片手にバスタブに足を入れた。

肩まで浸《つ》かって深く息を吐いた。

鵜飼という男をどう捉えたらいいのだろう。

生意気な年下の男がいきなり手を出してきて、惑う暇もなく動画を撮られてイかされ、さらには脅しをかけられた。

そこまでだったらなんとか手を打てそうだったが、今夜この部屋に足を踏み入れてから耳にした話が意識に刻み込まれてしまった。

彼はファッションに対して意欲とともに深い喪失感を抱いている。

興信所の報告と、鵜飼自身が話してくれた過去を総合すれば、そこには孤独な子どもがひとり。古びた服を身に着け、ぼんやりとたたずんでいる。

いまの鵜飼からはまるで想像できないけれど、その寂しい背中はなんとなく思い浮かべることができた。

彼がどんな想いで幼少期を過ごしてきたか知らない。わからない。

これからもっと多くのことを話してくれるのだろうか。そのきっかけを掴むことができるのか。

冷えた水を飲みながら思案するが、これといった答えは出てこない。

さっきの話は、出任せだったんじゃないだろうかとすら思う。

こちらに同情させ、ふたりの間に起こった出来事をうやむやにしてしまうといった考えで。

ぼんやりしているとのぼせそうだ。

ペットボトルを空にし、バスルームを出ると、洗面台にパッケージに入ったままの新しい下着が置かれている。鵜飼が持ってきたのだろう。

それを身に着け、隣に置かれていたドライヤーで髪を乾かし、身なりを整えたところでリビングに戻った。

「おまえの話に嘘があったら?」

「嘘?」

鵜飼はソファでくつろぎ、膝にタブレットPCを置いていた。仕事の資料でもチェックしていたのだろう。とても自然な表情で彼は驚き、「嘘って?」と繰り返す。

「さっきの話だ。過去の……」

「作り話で貴方の同情を引けるならもっと大げさに言ってますよ」

肩をすくめ、鵜飼は薄く笑う。

「それに、嘘はあまり得意ではないので」

「よく言う。何度も何度も俺をいたぶっておいて……」

「まあ落ち着いて。もう一本ミネラルウォーター、どうですか」

「飲む」

むっつりと言ってソファに腰掛けた。いっそ帰ってもよかったのだが、まだ彼と話すことがありそうだ。

——あの動画も消してもらわないと。

「煙草、吸ってもいいか」

「どうぞ。私も愛煙家ですから」

冷たいボトルを持ってきた鵜飼が横に腰掛け、ライターを差し出す。鞄から煙草を取り出し咥えれば、先端にふわりと火が灯る。

大きく息を吸い込み、吐き出すことを三回繰り返してようやく腹が決まった。

「動画——消してくれないか」

「駄目です」

「金は出す。望みのままに」

するとと彼も煙草を咥えて顎を押し上げる。生意気な仕草だと思ったが、この場では咎《とが》められない。自分の尊厳——ひいては会社の命運が懸かっているのだ。

「だったら、仕事をもらいましょうか」

「仕事？　なんのことだ」

「うちの『ピークタウン』に出店しませんか」

思ってもみない提案だった。

「ジョーディア」はすでに独自のオンラインサイトを構築している。

「ジョーディア」で扱っているブランド商品を展開し、こまめにクーポンを配布したり、セールを行ったりして、購買者の気を引くように尽力していた。

ただし、絶好調とは言い難い。

老舗ブランドのせいか、「お高くとまっている」という印象が拭えないのだ。

ブランド店舗よりもずっと買いやすいサイトにするにはどうしたらいいのか。

日々オンライン通販戦略チームと頭を悩ませているけれど、これと言った答えはまだ出ていない。

「品格のある『ジョーディア』の製品を『ピークタウン』で扱えばもっと目につきやすくなります。うちではサイト全体でセールもちょくちょく行っているので、店頭でだぶついている在庫を一掃するのにもうってつけです」

「しかし、おまえのところに出店したら『ジョーディア』は『ジョーディア』でなくなってしまう」

「どういう意味ですか」

「うちのブランド力が薄れる。そうだろう? 『ピークタウン』を利用するボリュームゾーンは二十代から三十、四十代と聞いている。各ブランドもプチプラが多くて、スーツなんか一万円出せば買える場所だ。そんなところに『ヨシオ　タケウチ』をはじめとしたうちの各ブランドが入っても埋もれるだけだ。メリットがない」

「そんなことはありません。むしろその逆です」

煙草の灰を落としたついでにガラス製の灰皿に押し潰した鵜飼が、身体ごとこちらに向き直った。

「この際なので、はっきり言います。紫藤さんのところのオンラインサイトは見づらいし、購買意欲がそそられない。商品に対するサンプル画像も少ないし、モデルを起用することもたまにしかしません。うちは違います。女性服ならば、百五十センチ、百六十センチ、百七十センチ台のモデルを三人使い、それぞれの試着感を写真やコメントとともに細かく紹介しています。憚《はばか》りながら『ジョーディア』さんはそこまでやってらっしゃらないでしょう」

「……まあな」

「どうしてですか」

「コストがかかるんだ。それに、いくら標準モデルを三タイプ用意したからって、買う側がそのとおりに当てはまるとは言えない」

「でも、サンプルは必要でしょう。最近はプラスサイズのモデルも重宝されてますよ。スタイリッシュな服作りだけを目指す時代はもう終わりました。顧客がブランドに合わせて体型を絞ったり引き締めたりする時代ではないんです。ひとびとは着たいものを着ます」

そこまで言われるとぐうの音も出ない。

確かに、「ヨシオ　タケウチ」をはじめとした「ジョーディア」のブランドはセミオーダーとはいえ、細身の客を想定してデザインを起こしてきた。

ひと昔前だったら、ブランドに惚《ほ》れ込んで体型維持をしてくれるひともいただろうが、サイズ豊富なファストファッションが台頭したいま、事情は変わった。

皆、無理して細い服、高い服を着ようとしなくなったのだ。

もちろん、ファッショニスタの存在も忘れてはいけない。

インフルエンサーたちが競ってダイエットし、身体を絞り、似合う服を身に着ける世界はまだ残されている。それに憧れる一般人だって少なくないのだ。

「なにもかもをハイブランドで固めるという時代は終わったと俺も思う。……でも、『ピークタウン』でうまくやっていけるとは思えない。ブランドカラーが違いすぎる」

「やってみなければわかりません。自前のオンラインサイトを持ちながらも、うちに出店する企業はたくさんいます。販売経路は多ければ多いほどいいでしょう」

そう、なのだろうか。

デザイナーの武内たちが精魂込めて作り上げた商品を、そんなに簡単にあちこちで売り出していいものか。

迷う。すぐに答えは出てこない。

口ごもっていると、冷えた赤ワインを注いだグラスを鵜飼が運んで手渡してきた。

「私は急ぎません。ですが、いい答えをもらえると信じています」

シャツの袖をまくり上げた彼が手を伸ばしてきて、グラスを触れ合わせる。

「乾杯」

ふと、奇妙なものを彼の左腕の内側――肘《ひじ》のちょうど下に見つけた。

みっつのほくろが縦に並んでいる。

「そのほくろ……」

「はい？」

自分にもあるのだ、同じようなほくろが同じような場所に。

ただの偶然か。それとも、なにか意味があるのだろうか。

父からよく言われていた。

『紫藤家に生まれた男児は、ほぼ九割の確率で左腕の内側にほくろがみっつある。正統な紫藤家の血を引いているという証だ』

そう言っていた父も、紫藤と同じ場所にほくろを持っていた。

あらためて鵜飼の顔を見やる。

眼鏡をかけ直した神経質そうな美しい顔は、精悍《せいかん》な相貌《そうぼう》と称される自分とまるで違う。目つきも、鼻筋も。

だけど、くちびるの形はよく似ている気がする。上くちびるが厚めで、男にしてはセクシーなのだ。

「おまえは……」

もしかして、ひょっとして——紫藤家と繋がりがあるのか？

そんな疑問が胸に渦巻く。安易に口にしていいことではない。

親類縁者がなく、施設で育ってきたという鵜飼。彼がもし紫藤家の血を引く男だったら、絶対になんらかの援助があったはずだ。

「……おまえは……」

うろうろと言葉を探す。紫藤家と繋がりがあるのか、とひと言口にすればいいだけの話だが、その先に思わぬ地雷が埋まっていたらどうすればいいのだろう。

もしも鵜飼が親族だったら。

もしも鵜飼が——兄弟だったら。

ワインを一気に呷る。悪酔いしそうな飲み方だなと己を戒《いまし》めたが、馬鹿げた思いつきをなだめるのは酒しかない。

「泊まっていきますか」

どこかやさしくも聞こえる声に、「いいや」とぼんやりする頭を振った。

「帰る、今日のところは」

「ということは、また来てくださるんですね。私と会ってくださるんですね」

「……当たり前だ。あの映像を絶対に消してもらう」

「忘れてもいいのに」

ちいさく笑った彼に見送られ、ジャケットと鞄を肩に引っかけた紫藤は玄関へと向かった。

4

日に日に空は青く澄み渡り、高くなっていく。朝晩の空気が穏やかになってきて、そろそろ今年の夏も終わりなのだと知る。カレンダーは九月に入っていた。

紫藤の朝は早い。ひとり住まいのマンションは表参道にあり、六時には目を覚ます。寝起きのぼんやりした頭でコーヒーメーカーをセットし、その間に熱いシャワーを浴びてすっきりする。実家にいた頃は家政婦がなんでもやってくれたが、いつまでも実家に寄生していてはひとり立ちできないと思い、大学卒業を機に家を出たのだ。

昼と夜はほとんど外で食べることが多いが、朝だけは自分で作る。

今朝のメニューはハムとチーズのホットサンドに、リーフレタスとトマトのサラダ、ヨーグルト、インスタントのコンソメスープだ。

湿った頭をタオルで拭いながらホットサンドメーカーに具材を挟み込み、コンロの火を点ける。

焼いている間にスマートフォンを弄り、朝のニュースにざっと目を通した。昨夜の東京はとくに大きな事件、事故もなく、平穏だったようだ。

できあがったホットサンドを切り分けて皿に載せ、トレイでテーブルに運ぶ。セッティングしたところで、スマートフォンでぱしゃり。

ひとり暮らしには広すぎる3ＬＤＫだが、仕事柄多くの服を着るので、一室はまるまるクローゼットだ。

カリッと焼けたホットサンドを美味しく食みながら、テレビを点ける。朝刊のたぐいはオフィスで読むことにしていた。

ハムと蕩けるチーズはお気に入りの組み合わせだ。

ヨーグルトにはブルーベリージャムをかけた。それを木匙ですくって食べていると、手元に置いたスマートフォンが静かに振動する。メッセージが届いたらしい。

開いてみると、鵜飼からだ。件名は、「おはようございます」とだけ書かれ、本文はなし。その代わり、写真が一枚添付されている。

炊きたてのごはんが盛りつけられた茶碗に、マイタケと豆腐の味噌汁。塩鮭を焼いたものにだし巻きたまごまで添えられていた。

鵜飼の朝は和食らしい。

出会って間もない頃は脅しのように淫靡な時間を迫ってきた男だったが、彼のマンションへ行ってから、こうして毎日他愛ないメッセージが届くようになった。

毎朝のことなのでお互いにたいしてメニューは代わりばえしないのだが、朝の食事は大切だ。昼と夜を外食ですませることがほとんどなだけに、朝ぐらいは自分でコントロールしたい。

メッセージの写真を見る限り、鵜飼は相当の料理上手のようだ。紫藤も自炊はするが、さっとできて簡単に食べられるものばかりで、だし巻きたまごなんて作ったことがない。そもそも、朝から魚を焼いたりしない。時間がないときはシリアルに牛乳をかけてかき込むぐらいだ。

それでも今朝はまだ余裕があったので、さっき撮った写真を送るついでに、本文も書いた。

『朝からいちいち鮭を焼くのか？　おまえはいったい何時に起きてるんだ。優雅にだし巻きたまごまで作って』

そう書いて送ると、コーヒーをふた口飲んでいる間に返事が来た。

『昔から朝は和食と決めているんですよ。だし巻きたまごも、慣れればすぐにできるようになりますよ。紫藤さんのホットサンドも美味しそうです。今度ご馳走してくれませんか』

『機会があったらな』

簡素に返してテレビに目をやる。

不埒な仲とはいえど、最初の波を越えていまはやや穏やかだ。

この部屋に彼を招いたことはまだない。彼のマンションへ行ったのもあれ一度きりだ。

次にふたりきりで会う機会があるとすれば、それはどんな形だろう。

またＳｕｂとして徹底的に嬲られるのか。

それとも、「ピークタウン」出店を迫られるのか。

どちらにしてもはっきりと答えの出ない状況で、決断の早い紫藤にしては珍しく迷い続けている。

Ｓｕｂのことは誰にも明かせないからまだ様子見をするとして、「ピークタウン」出店の件についてはまず秘書の野口に相談してみることにした。自分ひとりで考え続けるのにも限界がある。

その朝、オフィスに紫藤が姿を現したのと同時に社長室前のデスクに向かっていた野口がすっと立ち、「おはようございます」と頭を下げる。

「おはよう。野口、少し話があるんだ。中へ入ってくれ」

「かしこまりました」

野口はきびきびとついてきて社長室の扉を閉め、デスク前に立つ。紫藤は足元に鞄を置き、ジャケットを脱ぎながら口を開いた。

「うちが『ピークタウン』に出店する、と言ったらきみはどう思う？」

「弊社が、ですか」

野口は言葉に詰まっている。

清潔な印象のダークネイビーのスーツは、「ヨシオ　タケウチ」のものだ。柔和《にゅうわ》な野口の面差しを引き立てるように、透きとおった綺麗なピンクのネクタイが映えている。

「対面販売が主なうちと『ピークタウン』とでは相性が悪いのではないでしょうか」

「やはりそう思うよな……」

「出店のお誘いが？」

「ああ。『ピークタウン』取締役本人から」

「弊社のサイトも健闘しております。ただ……どうしても『ピークタウン』には負けるというか」

「そこなんだよな、頭が痛いのは」

「販売戦略部門の伊藤《いとう》部長とお話しされてみてはいかがでしょうか」

伊藤の名前を聞いて、一層眉間の皺《しわ》が深くなる。

部下のほとんどは掌握できていると思っているが、伊藤だけはそりが合わない。

五十がらみの男でＤｏｍ。地声が大きく周囲を威圧する力を持っている。リーダー気質ではあるのだが、いかんせんノリが古く、彼の部下はいつも萎縮し、伊藤の顔色を窺っている始末だ。

紫藤が社長に就任した際に配置換えも考えたのだが、父が彼を買っていたこと、そして伊藤自身がそれなりに業績を上げていることを鑑《かんが》みて、そのままにしてある。しかし、毎月の定例会議ではいつも意見が衝突する。

紫藤のことを取るに足らぬ若造だと思っているのだ。

もしかしたら、紫藤のミスを待っていて虎視眈々《こしたんたん》と社長の座を狙っているのかもしれない。一族経営の企業自体、時代にそぐわなくなってきていることは紫藤もよくわかっている。

「……今日のランチは伊藤部長と一緒に取れるよう手配してくれ」

「かしこまりました」

すっきりした背中を見せて、野口がオフィスを出ていく。ため息をつき、デスクの上の煙草を手にした。

くちびるの端に咥え、ライターで火を点ける。

紫煙がゆるく立ち上り、天井へ向かって薄く消えていくのを目で追いながら、鵜飼のことを考えていた。

彼がなんのうしろ盾もなく育ってきたこと。

腕の内側に、紫藤と同じくみっつのほくろを隠し持っていること。

自分となんらかの関わりがあるのだろうか。縦にみっつ並んだほくろを持つ男なんて、他を探せばもっと見つかるかもしれない。

けれど、彼が驚くほどたやすくこころの内側に入り込んできたことを考えると、偶然でもなんでもなにかしらの繋がりを感じてしまう。

なにより紫藤の胸を震わせるのは、彼の寂しい幼少期だ。

つねに見知らぬ他人のお古を着続けていた鵜飼にとって、新しい服というのは値段に関係なく、それだけで憧れの象徴だったのだろう。

貧しくても、片親だったとしても、家族の形を覚えていたらあんなに偏《かたよ》った接触をしてこないはずだ。

愛し、愛されるという感情を自然と身に着けるのは意外と難しいものだ。

家族を持っていても、関係がうまくいかず、憎しみや疎《うと》ましさが生じることもある。実の親兄弟がいたとしても、なんらかの理由で道を違えることもあるだろう。

それでも、帰る場所があるというのは強い。

仕事で失敗したとき、人生でつまずいたとき、ふと生まれ故郷を思い出すひとは多いはずだ。

鵜飼には、それがない。

彼の過去を想像すると、薄いグレーだ。鵜飼の部屋のように、彩りがない。どこまで探っても靄がかかり、摑めるものがない。

そんな出自を鵜飼は憎んでいるのだろうか。支援を受けながら学び、品格を身に着け、血の滲むような努力を重ねていまの地位を築いたのか。

すべては想像に過ぎず、煙草の煙のようにはかなく消えていく。

鵜飼と会うといつも意のままにされてしまうのがなんとも悔しい。

次に会うことがあったら、けっして肌には触れさせない。

そう誓うものの、理性ではどうにもならない面で彼にひれ伏してしまいたくなる自分がいるのも否めない事実だ。

幼い頃からひとりきりだった彼の癒えない傷を癒やしてやれないものだろうかと相反する想いもあって、自分でも混乱する。

ほんとうに自分はＳｕｂなのか。

ちらりと腕時計に視線を落とすと、十時を過ぎたばかりだ。

幸い、今日の午前中はこれといった会議が入っていない。

オフィス近くに、紫藤はかかりつけの医師を持っていた。血液検査でＤｏｍかＳｕｂかわかるわけではないはずだが、医師の判断を仰ぎたい。

即座に立ってジャケットの襟を正し、部屋を出る。秘書の野口には、「ちょっと風邪気味だから医者に診てもらってくる。小一時間で戻る」と告げた。

外に出れば、涼しい風が吹いていた。陽射しはまだ強いが、透明感のある空気はもう秋そのものだ。

足早に歩き、目的のビルへと向かう。

細長いビルの九階に、紫藤の目指すクリニックはあった。

「紫藤さん、いかがされましたか。夏の疲れでも出ましたか?」

同年代の温和な医師が迎え入れてくれたことにほっとする。だから、率直に打ち明けることにした。

「……私がＤｏｍかＳｕｂか、先生に診ていただくことはできますか」

「できますよ」

思ったよりもあっさり言われて拍子抜けしてしまう。

「最近はだいぶ研究が進みましたから、採血すれば一時間程度で診断できます」

「そうなのか……なら、検査を受けさせてください。それと、このことはくれぐれも内密に」

「もちろんです」

医師がしっかり頷いて看護師を呼び、採血の準備を整える。ワイシャツの左袖をまくり上げ、細い銀の針がぷつんと皮膚を貫いていくのをじっと見守った。

「結果はお電話でお知らせしましょうか」

「そうしてください。私のスマートフォンに連絡をくだされればありがたいです」

「では、しばしお待ちください」

止血をしてもらい、袖を直した紫藤は立ち上がり、医師に頭を下げてクリニックを出た。

滞在時間は二十分にも満たなかっただろうか。

すぐに会社に戻る気にはなれず、行きつけのカフェに入ってホットコーヒーを注文した。

表参道がよく見える窓際のテーブルに陣取り、ぼんやりと行き交うひとびとを眺める。

頭の中は、これから伊藤を迎え撃つランチのこと、そしてやっぱり鵜飼のことで占められていた。

今週末にでも彼と会おうか。外でランチをしながらならば、淫靡な空気になることもないだろう。

——俺がしっかりしてさえいれば。

スマートフォンでスケジュールを確認し、ついで鵜飼にメッセージを送った。

週末の土曜、銀座でランチを一緒にしないかと誘うと、十五分ほど経ってから、『もちろん、喜んで』と返信があった。

その際にもう一度あのほくろを確かめたい。彼が紫藤家の血を引いているのか、まったくの偶然なのかがどうしても知りたい。

二杯目はカフェラテにした。可愛いハートのラテアートに微笑みながら口をつけていると、スマートフォンが震える。

出てみると、クリニックの医師だ。

『お待たせして申し訳ありません。結果が出たので、お伝えしようかと思いまして』

「どうでしたか？　私はやっぱりＤｏｍで……」

『Ｓｕｂです。紫藤さんは以前Ｄｏｍでしたが、最近になってＳｕｂに変化したようです。ごく稀なＳｗｉｔｃｈのようですね。最近、強いグレアを浴びましたか？』

「……はい」

自分の声が遠くに聞こえる。

誰か他人が喋《しゃべ》っているかのように思えた。スマートフォンを握る指先がじわじわと冷たくなっていく。

『強烈なグレアを浴びたことで、Ｓｕｂに変化したようですね』

「だったら、……だったら、相性のいいＳｕｂに出会えばまたＤｏｍに戻れるのでは？」

『そこが難しいところで……現在出ている検査結果では紫藤さんはすっかりＳｕｂとして生まれ変わったようです。Ｄｏｍとしての血小板がありません』

「そんな……」

頭がくらくらしてくる。いまにも床に崩れ落ちそうだ。

だが、ぎりぎりまで理性で堪え、唸《うな》るように言った。

「私は――Ｓｕｂなんですね。Ｓｗｉｔｃｈだったとしても、もうＤｏｍには戻れないんですね」

『いまのところは』

「……わかりました。お手数をおかけしてすみません。ありがとうございます」

『Ｓｕｂとしての知識はありますか？　いまはネットでも簡単に調べることができますが、抑制剤などはうちでも処方できますので、リラックスしていらしてください』

「わかりました」

再び礼を言って電話を切った。

Ｓｕｂ――自分が、Ｓｕｂであるという事実がまだうまく飲み込めない。

Ｓｗｉｔｃｈだったということすら、理解できないのだ。

自分というのは、この世に生まれ落ちた日からＤｏｍだと信じ切っていた。父も母もＤｏｍなのだ。ひとり息子である自分がなぜＳｗｉｔｃｈだったのか。

隔世遺伝とか、あるのだろうか。父方、もしくは母方にＳｗｉｔｃｈがいたのかもしれない。

両親に自分がＳｕｂだと明かすのはためらわれる。彼らとて、我が息子をＤｏｍだと信じて疑わないだろう。

どうすればいい、どうすればいいのだ。

販売戦略部長・伊藤とのランチの時間が迫っている。もうオフィスに戻らなければ。ふらつきながら立ち上がり、カフェをあとにした。

きらめく陽射しの欠片が視界に飛び込んできてまぶしい。

実り豊かな秋の到来を前にして、紫藤は困惑していた。

自分の身は自分で守らなければ。そう思う反面、強いグレアを浴びせてきた鵜飼が頭の隅に棲《す》んでしまっている。

彼にこの事実を打ち明けたらどういう反応を示すだろう。

『だから言ったじゃないですか』と冷笑するだろうか。

鼻で笑うだろうか。

ぼうっとした足取りで紫藤はオフィスへと向かう。


「『ピークタウン』出店？　もちろん反対です」

出し抜けに言われ、紫藤は眉をひそめる。

伊藤のふてぶてしさはもともと気に入らない。

「どうしてそう思うんですか」

「第一出店料が高い。月いくらすると思ってるんですか。百万を超えるんですよ、百万。もともとうちはオリジナルの通販サイトを持っています。てこ入れをするならまず自社からでしょう。『ピークタウン』なんて怪しい新興企業に頼ったら、『ジョーディア』の名が堕ちる。そう思いませんか、社長ともあろう者が」

「私もその点は考えてみましたが……」

「ないですな、ない、絶対に」

小会議室で仕出し弁当を食べながら、向かい合わせに座る男に語気を強められ、かちんと来る。

年の差はあれど、ここまで言われる筋合いはない。

父の代だった頃から精力的だった伊藤は、ひとり息子ということで跡を継いだ紫藤をうさんくさく思っている節がある。若い頃から現場で働いてきたのに、それすら認めようとしない。

もともと、紫藤としても「ピークタウン」に出店する気はなかった。しかし、通販サイトの売り上げに関してみれば日ごとにその差は大きくなっている。店舗を持たず、インターネットの世界だけで商品を販売する「ピークタウン」は身軽で、アイデアも豊富だ。顧客を飽きさせないようなインターフェース作りを目指しているのは、彼らのサイトを見れば一目瞭然《いちもくりようぜん》だ。

いま、リアルタイムで売れているのはなにか。

どんなアイテムが人気なのか。

ブランド名ももちろん大事だが、やはり主役は商品そのものだ。ピークタウンは購買者の心理をよく知っており、商品をさまざまな角度から撮り、試着感も子細に伝えている。そのうえ、返品交換無料、翌日配送となったら、一度は試しに、というひとも多いはずだ。

カタログのように各ブランドの商品を一気に見ることができるというのは、確かに便利だ。似たようなアイテムだったら、価格の比較もできる。毎日のように発行されているクーポンを使えば、もっとお得に買い物ができる。

買い手市場なのだ、「ピークタウン」は。

「しかし、今後の展開を考えた場合、『ピークタウン』に出店するというのもありかもしれません。自社サイトだけでは覚束ない。『ピークタウン』ならばもっと多くのひとに『ジョーディア』の商品を見てもらえます」

「本気で仰っているのですか」

怒りを滲ませた伊藤がぐっと睨み据えてくる。

それとほぼ同時にかすかなグレアを感じて、すうっと血の気が引いていく。

伊藤はＤｏｍだ。そして自分はと言えば自覚が芽生えたてのＳｕｂだ。ここでＤｏｍのグレアをもろに浴びたら、どうなるかわかったものではない。

「とにかく――前向きに検討しましょう」

「社長命令ですか」

「そうです」

伊藤は険しい顔をする、青ざめた紫藤に気づいたのだろう。

「お加減が悪いのですか」

「いえ、それほどでも。ちょっと風邪気味なのかもしれません」

「ふぅん……」

伊藤の視線が身体に纏わりつく。

そこに淫らな感情は浮かんでなかったか。

Ｄｏｍの直感で紫藤をＳｕｂと見抜いたのではないかと思うと空恐ろしくなる。じろじろと眺められて居心地が悪い。舐め回すような視線は下卑《げび》ていて、鵜飼とはまるで違う。

伊藤の使う整髪剤の匂いがやけに鼻をつく。このままふたりでいたらほんとうに気分が悪くなりそうだ。

鵜飼とはまったく違う匂いだ。

「話は以上です」

震える身体をどうにか支え、懸命に理性を保って紫藤は話を打ち切る。伊藤が不満そうな顔で舌打ちをし、先に部屋を出ていった。

扉が閉まった途端、くたくたと椅子に倒れ込んだ。

テーブルには秘書の野口が運んできてくれたアイスティーが置かれている。

氷が溶けかかっているそれを半分ほど飲み干し、しばらくじっと目を閉じていた。指先がまだ震えている。

伊藤から感じた熱波。

あれは間違いなくグレアだろう。Ｄｏｍだったら意識せずとも相手を威嚇することができる。

伊藤は気づいてしまっただろうか。いや、まだ大丈夫だ。社長である自分をＤｏｍだと信じ込んでいるはずだ。

急いでスマートフォンを取り出し、先ほどのクリニックに電話をかけた。

医師はすぐに出てくれた。

「もしかしたら他のＤｏｍのグレアを浴びたかもしれません。具合が悪いのですが」

たちまち欲情した鵜飼のグレアと、ただ頭ごなしに威圧してくる伊藤のグレアとではまったく感覚が異なっていた。

これはどういうことなのだろう。鵜飼も伊藤も同じＤｏｍではあるのに、発するグレアが違う。端的に言えば、鵜飼はねじくれていながらも自分に恋情を抱き、己もまたその想いに無意識のうちに応え始めているということなのか。

『それは大変でしたね。いますぐクリニックに来られますか？　抑制剤を処方します』

「お願いします」

もう一度、這々《ほうほう》の体《てい》でクリニックへと向かった。

先ほどの医師が心配げな表情で出迎えてくれた。

「先ほど処方箋をお渡しすればよかったですね、私の落ち度です。申し訳ありません。なにかありましたか？」

「Ｄｏｍの……グレアを浴びた気がして……」

まだ皮膚を這いずり回る伊藤の視線が忘れられない。いますぐ熱いシャワーを浴びたい。

「紫藤さんはＳｕｂとしての自覚を持ったばかりですし、不安定なんだと思います。Ｄｏｍは無自覚にグレアを発することができますから、それをうっかり浴びてしまったんでしょうね。頭痛や吐き気がしますか？」

「少し目眩《めまい》が」

「わかりました。すぐに処方箋をお出しします。点滴をして三十分ほどお休みになっていきますか」

「そうします」

都心のクリニックとはいえ、急患のための部屋はいくつか用意されている。クリニック内で点滴を受け、ネクタイをゆるめてベッドに横になった。

野口にはスマートフォンで、「ちょっと表参道をぶらついてくる」と伝えておいた。まだほんとうのことは言えない。

静かなクリニックでつかの間の休息を取れば、嘘のように身体が軽くなった。ここのところ激務だったし、鵜飼のこともあって熟睡できていなかったのだ。

ベッド脇のサイドテーブルには常温のミネラルウォーターが置かれていたので、起き上がり、ありがたく飲んだ。

肩をぐるりと回し、頭がすっきりしていることを確認し、ネクタイを結び直す。

医師がやってきて点滴の針を外し、「お加減はいかがですか」と言う。

「もう大丈夫です。お手間を取らせてすみません」

「いいえ、これぐらい。ここに来たとき、顔色が真っ青でした。早めに再受診してくださってよかったです。抑制剤の処方箋を書きましたから、併設している薬局で薬をもらってください」

「これから私は……どうなるんですか」

ベッドの縁に腰掛けた紫藤の前に、医師が丸椅子を持ってきて腰掛ける。

「ＳｕｂもＤｏｍも、決まったパートナーを持つことが推奨されています。支配されたい、支配したいという欲望は本能に根ざすものですから、特定のパートナーとよりよい関係を築くことをお勧めいたします。そうでないと、メンタルにもフィジカルにも支障が出ますから。紫藤さんにはパートナーがいますか？」

「……いまのところはいません」

いまのところは。

——鵜飼はまだ正式なパートナーじゃない。互いの本能に従っているだけの関係だ。

「でしたら、当面の間は抑制剤で様子を見ましょう。最近の薬は開発も進んで効き目がよく、副作用もほとんどありません。抑制剤の副作用としては眠くなるので、薬を飲んだあとは車の運転は控えてください」

「わかりました。……先生、いつか私はＳｕｂだということを公表すべきなのでしょうか」

医師はやさしい笑みを浮かべる。

「それは貴方の自由ですよ、紫藤さん。お立場上、Ｄｏｍであったほうが物事がスムーズに進むかもしれませんが、企業のトップにはＳｕｂもいます。Ｓｕｂはその繊細さ、細やかな気づきを生かしているひとが多いのが特徴です。猪突猛進なＤｏｍにはない特性ですね」

「よく考えてみます」

「抑制剤で、だいたいのグレアには耐えられます。望まぬコマンドも退けられます。どうしてもコマンドは性的な場面で多用されますので、紫藤さんが意図していない場面でコマンドを出されそうになったら、早めに抑制剤を飲んでくださいね。とりあえず、二週間分のお薬を処方しておきます」

「いろいろとありがとうございます。……もしも、なんですが。もしも私にパートナーができたときに気をつけるべきことはありますか？」

「それが紫藤さんにとって好ましい相手なら、女性でも男性でも問題ありません。特定のパートナーができたら、その相手から『カラー』をもらうことが大事です」

「カラー、とは」

医師が白衣のポケットから細いベルトのようなものを取り出す。

「Ｄｏｍが自分だけのＳｕｂに贈る首輪のようなものです。ああ、機嫌を悪くされないでください。犬扱いするのかという顔ですね」

「……すみません。ですが、首輪というのがどうしても屈辱的で」

「そう考えるのは自然です。貴方はこれまでＤｏｍだったのですから、その思いも強いでしょう。ですが、『カラー』をつければ、他のＤｏｍから付け狙われることがなくなります。パートナーとの信頼を築いた上で、こうした『カラー』を首に巻けば、よりメンタルが安定します。引き合う者同士、結婚指輪のような目印は大切ですから」

「結婚指輪、ですか……なるほど」

三十七ともなれば、結婚話のひとつやふたつ持ち込まれる。

しかし、仕事が一番の紫藤にとって、家庭を持つのはまだ先のことと考えていた。

「……男性と結ばれた場合、家庭を持つのは難しいですよね。妊娠出産ができないわけですし」

「そうですね。事実としてはそうなりますが、同性同士でパートナーとなった場合、養子を迎えるご家庭も少なくありません。いまのこのダイナミクスの時代、異性愛も同性愛も平等ですから、さほど深刻に構える必要はありませんよ。なにより、貴方の第二性を大事に考えてください。ＤｏｍかＳｕｂか、というのは些末《さまつ》な問題です。それよりも、相性の合うパートナーがそばにいてくれることが健全な生活を送る上でもっとも重要なことです」

言い含めるような言葉を嚙み締め、紫藤はゆっくりと頷《うなず》いた。

相性のいいパートナー、自分だけのＤｏｍが見つかるだろうか。

そこでやはり鵜飼の顔が浮かぶけれど、急いではいけないと頭を横に振る。淡い想いが胸に兆していたが、Ｓｕｂとしての自覚が芽生えたばかりだから強いＤｏｍの力にこころも引きずられているだけなのかもしれない。

医師の言うとおり抑制剤を飲みながら、今後の展開をじっくり考えよう。

まず自分がＳｕｂであることを最初に打ち明けるのは誰がいいか。

医師に礼を告げ、クリニックを出る。隣接された薬局で薬を処方してもらっている間、あれこれと考えを巡らせた。

やはり、鵜飼がいいだろうか。

しかし彼は最初から紫藤を自分だけのＳｕｂだと言い切っている。あの時点ではまだＳｗｉｔｃｈだったはずだ、しかし、鵜飼はグレアを浴びせて紫藤をＳｕｂに変えた。Ｄｏｍならではの勘の鋭さで紫藤にＳｕｂの要素があることを見抜き、導かれてきたのだろう。

肉体関係も持っている。気持ちはまだ落ち着いておらず、彼に対しては仕事の面でも張り合っていたいから、いまはまだ完全に屈したくない。

だったら秘書の野口はどうだろう。紫藤の右腕でＮｏｒｍａｌ。

つねに影のように控え、丁寧な仕事ぶりを紫藤も買っている。彼の口が固いことはよく知っている。

これからＳｕｂとして仕事をしていくなら、秘書に事情を話しておいたほうがいいだろう。伊藤のこともあるのだし。

そう考え、オフィスに向かう途中にある裏通りのカフェに入り、野口に電話をかけた。

彼はオフィスにいた。

いまから出てこられるか、と問うと、『すぐに参ります』と返ってきた。

このカフェはよく野口とも来るからすぐにわかるだろう。店名を告げ、「待っている」と言って電話を切る。

オープンテラスもあるカフェは空《す》いていて、店内、テラスの両方が選べた。

秋晴れが爽やかな今日、鬱々《うつうつ》とした話をするなら外のほうがいいと考え、青いパラソルの下のテーブルに陣取った。

疲労にいいと言われるジンジャーティーをオーダーし、ジャケットのポケットを無意識に叩くが、ここは禁煙だ。幸いにも店内に喫煙ブースが設けられているので、そこで軽く一服し、野口の到着を待つ。

一本吸い終える頃に、見覚えのある顔が店に駆け込んできた。

野口と視線が合い、手招きをする。

「お待たせしてすみません」

「いい、いい。こっちこそ突然呼び出してすまん。なにを飲む？　それとも少し食べるか？」

「いえ、飲み物だけで大丈夫です。社長はなにを？」

「ジンジャーティーだ」

「ああ、ここの美味しいですよね。僕も同じものを」

ウエイターにジンジャーティーを注文した野口は「それで」と顔をのぞき込んでくる。

「なにか大事なお話でも？」

「ああ……ひとまずは君に最初に話しておきたい」

ぴりっとする味わいのジンジャーティーをひと口飲み、言葉を探す。

野口はいい部下だ。

温厚だし、これまで無茶な仕事ぶりをしてきた紫藤をよく支えてくれた。

一番数が多いＮｏｒｍａｌということもあって、平均的な思考を養っているのだろう。彼がＤｏｍ、Ｓｕｂ、Ｓｗｉｔｃｈに対して差別的な発言をするのも一度も聞いたことがない。

芯から真面目でやさしい人間なのだ。いまも心配そうな面持ちで紫藤を見守っている。

彼ならば、自分がＳｕｂだということを話しても大丈夫だろう。そう確信する。

「突然の話で驚かせるかもしれないが……実は、俺はＤｏｍじゃない。いや、この言い方は正しくないな。Ｓｗｉｔｃｈだったようだ」

「社長が……」

突拍子もない言葉に、野口は運ばれてきたティーカップに口をつけるのも忘れている。

ほわほわと湯気を立てるカップと、サービスのチョコチップクッキーが盛られた小皿を見つめ、紫藤は声を絞り出した。

「……自分でも気づいてなかったんだが、Switchだったらしい。それが……とあるDomに出会いグレアを浴びて、Subだと自覚した。さっき、かかりつけのクリニックでもそう診断されたんだ」

「社長がSub、ですか……」

困惑する部下の気持ちはよくわかる。自分だってまだ納得し切れていないのだ。

じっとカップに視線を落としていた野口はおもむろにジンジャーティーを飲み、チョコチップクッキーをひと口囓る。

「美味しいです。社長も食べてみてください」

「俺は、あまり甘いものは」

「ほっとする甘さですよ」

野口にうながされ、丸いクッキーをぱりっと囓る。ほろ苦い甘さがひりひりした神経をなだめてくれるようで、ちょうどいい。

「美味しいな」

「ですね」

にこりと笑った野口が胸に手を当て、ほっと息をついた。

「正直、驚きました。社長は正真正銘のDomだとばかり思っていましたから」

「……がっかりしたか？」

「とんでもない。私には親しいＳｕｂの友人もいて、よく話をします。以前は特定のパートナーはいなくてだいぶつらい思いをしたようですが、最近、やさしいＤｏｍに出会ったとのことで、カラーをもらったと嬉しい報告を聞かせてもらったばかりです」

「きみは理解があるんだな」

胸につかえていた黒い靄が薄れていく。いい部下を持ってよかった。

「一番平凡なＮｏｒｍａｌですから。ＤｏｍやＳｕｂといった強い特徴を持つひとびとに憧れを抱くときもありますよ」

「きみに最初に話してよかった……役員のほとんどはＤｏｍだから。古い考え方をする者もいるだろう」

「ＳｕｂはＤｏｍに従って当然、という時代錯誤な感覚ですね。確かに、ないとは言い切れません。……確か、伊藤部長もそうだったような……」

「そうなんだ。ついさっき彼と話したとき、不覚にも彼のグレアを浴びて気分が悪くなった。それで急いでクリニックに行って、処方箋を書いてもらったんだ。いまのところ……俺には決まったパートナーは……いない。だから、抑制剤を使うしかない。薬を飲めば、不意打ちのグレアやコマンドも回避できるようなんだ」

「それはよかったです。社長のお身体が一番ですから。――急かすようなことは言いたくありませんが、社長にふさわしいパートナー、早く見つかるといいですね」

「そう、だな」

またも鵜飼の顔を思い出す。

彼が運命のパートナーなのだろうか。

伊藤をも上回るグレアを浴びせてきて、数々のコマンドで振り回してきた彼が、自分のパートナーなのだろうか。

「いまはお見合いパーティやマッチングアプリでパートナーを探すというケースもあるそうですよ。お見合いと言っても気軽な大人の合コンといったノリみたいです。社長も一度体験してみては?」

「……お見合いパーティか。俺の顔は業界内外で知られているから少し抵抗があるが、マッチングアプリで相手を探すよりも確実だな」

「私の友人も、お見合いパーティでパートナーと知り合ったんです。DomかSubか、ダイナミクスを名札に書くわけではありません。普通に参加するだけで、相手がDomかSubなのか、直感で判別できるとか。ほら、今度の土曜にも都内のホテルでお見合いパーティが開催されるそうですよ」

スマートフォンで検索した画面を野口が見せてくれる。

『貴方にぴったりなパートナー探しを!』

そんな見出しが掲げられたサイトを熟読する。運営元は有名な結婚相談所だ。参加資格は二十歳以上のＤｏｍ、Ｓｕｂ、Ｓｗｉｔｃｈならどなたでも、と書かれていた。参加締め切りは今夜の二十三時だ。

信頼している部下の勧めだ。ここはひとつ、社会見学を兼ねてパーティに参加してみようか。

自分がＤｏｍかＳｕｂか明かす必要がないというのも気が楽だ。もし、自分の顔を知っている者が参加していたとしても、Ｄｏｍだと切り抜ければいい。抑制剤を飲んで挑めば問題ないはずだ。

「ありがとう。きみに相談してよかった。これ、申し込んでみるよ」

「なにかのお役に立てれば幸いです」

土曜は鵜飼と約束していたが、延期してもらおう。

彼との仲を深めるかどうするか悩むところではあるが、ここは一度フラットに物事を捉えたい。

Ｓｕｂだと自覚させられたのは鵜飼のせいだ。だから目がくらんでいるのかもしれない。他を探せば、もっと相性のいいＤｏｍがいる可能性がある。

ちりっと胸を刺す痛みを覚えながら、紫藤はスマートフォンをじっと見つめていた。

5

「盛況だな……」

思わずそう零してしまうほどに会場内は盛り上がっていた。

九月初旬にふさわしく、チャコールグレイのシングルスーツを纏った紫藤は無意識に喉元に手をやり、シャンパンゴールドのネクタイの結び目を確かめる。

いささか派手なコーディネイトかと案じたが、杞憂《きゆう》だったようだ。パーティ会場は着飾った男女であふれ返っている。

ここで、ひとびとは自分と相性のいいパートナーを見つけるのだ。

野口に勧められたお見合いパーティは都心のホテルで開かれていた。

立食形式で、二十代から四十代くらいの男女がグラスや皿を片手にそこかしこで談笑している。

誰がＤｏｍでＳｕｂか一見しただけではわからない。

名字だけを記したネームプレートを左胸につけ、これと思った相手に自由に話しかけるというのがここのスタイルのようだ。

「ジョーディア」社長である紫藤と知って声をかけてくる者はいまのところいない。そのことに内心安堵《あんど》し、脇を通るウエイターのトレイからシャンパングラスを取り上げる。

爽やかな味わいを楽しむ反面、――鵜飼には悪いことをしたなと考えていた。

ランチを一緒にしようと誘ったのはこちらなのに、急用ができたとキャンセルしてしまった。昼食を鵜飼とともにしたあと、知らぬ顔でお見合いパーティに出られる気がしなかったのだ。

電話口の鵜飼は気を悪くしたふうではなかったが、残念そうだった。あらためてまた約束しようと言った紫藤に、『わかりました』と鵜飼は素直に応じてくれた。

彼以外のＤｏｍとの肉体的接触はない。

初めてグレアを浴びせられた相手だから鵜飼を特別視している節がある。もしかしたら、もっとやさしくて、もっと穏やかなＤｏｍもいるかもしれない。

――目と目が合ったらわかるものだろうか。

数人の女性から声をかけられ、軽く話したものの、こころが動くことはない。

意識していなかったが、自分は同性に惹かれるたちなのだろうか。鵜飼が最初だっただけに、その衝撃は大きい。

ひとびとの中から頭ひとつ抜け出た長身の男が近づいてきた。まっすぐ紫藤を見ている。ネームプレートに目を止め、「紫藤、さん？」と言う。

「素敵なお名前ですね。橋本《はしもと》と申します」

同年代の男だ。ぱりっとしたブルーのスーツで身を固め、やや癖のある髪をラフにセットしたスタイルに遊びごころがある。ＩＴ業界か、それとも同業か。

「不動産会社に勤務しております」

「最近の不動産屋さんも粋なものですね」

「そういう紫藤さんは？」

「アパレル業界の者です」

「だからひと目を引くんですね。貴方だけ、周りのひととは違うオーラが漂っている。スポットライトが当たっているみたいだ。……Ｓｕｂ、ですか？」

切り込まれて言葉に詰まるが、柔和な橋本の笑顔に、「はい」と浅く顎を引いた。

「とは言っても、最近自覚したばかりなんですが」

「そうなんですね。貴方のように芯のあるＳｕｂも珍しい。コントロールしたいと願うＤｏｍはさぞかし多いことでしょう。私もそのひとりですが」

「橋本さんはＤｏｍですか」

「ええ。これまでにつき合ったＳｕｂは三人。カラーもその都度贈りましたが、どうしても過保護になりすぎてしまうんでしょうね。鬱陶《うっとう》しいと振られ続けて、いまは寂しいひとり身です」

余裕のある笑みに引き込まれる。グレアを発しなくとも、彼がＤｏｍだということは肌で感じていた。

「お見合いパーティにはよく参加されるんですか」

橋本の問いかけに「いえ」と首を横に振る。

「今夜が初めてです。右も左もわからない状態で……皆さん、どうやってパートナーを見つけるんでしょうか」

「普通のお見合いと変わりませんよ。初対面の者同士で言葉を交わし、視線で相手がＤｏｍかＳｕｂかを感じ取る。いいなと思った相手には気軽に話しかけ、相性が合えば別の場所へ移動するか、次の約束を取りつけるといった具合です」

「別の場所……」

「気の早い者もいますからね。言葉より肌の相性が合うかどうか知りたいひともいるんです。そこは大人同士ですから、互いに自己責任ということで」

「な、……なるほど」

出会って早々にベッドインするということか。

Ｄｏｍのコマンドは性的な場面で大きな力を発する。

会話に時間を割くよりも、早々に密室にしけ込み、身体で相性を知りたいという者もいるのだろう。

——鵜飼みたいに。

「紫藤さんが初めてパーティに参加されたということは、パートナーを探していらっしゃるということですか？」

「ええ、まあ……はい」

「特定のパートナーがいることで、Ｄｏｍ、Ｓｕｂともに安定しますからね。もしよろしければ、あちらのソファでもっと互いのことを話しませんか」

橋本がさりげなく背中に手を回し、エスコートしてくれる。

大きな手のひらに押されるようにして、ふらりと一歩踏み出したときだった。

横から突然骨っぽい手が飛び出てきて、紫藤の腕を強く握り締める。

「……鵜飼！」

冴え冴えとした印象を極めるメタルフレームの眼鏡を押し上げた鵜飼が、「申し訳ありませんが」と抑えた声で言う。

「彼は私のＳｕｂです。お引き取り願えませんか」

橋本が驚いて固まっている。紫藤も同じ気分だ。

「おまえ、どうしてここに……」

「もうお相手がいらっしゃったんですか？　嫌だなあ、こんないい男が相手じゃ勝負になりませんよ」

屈託《くったく》ない笑みを浮かべた橋本は、「失礼」とその場を立ち去っていく。

伊達男の背中を、鵜飼はずっと追っていた。彼がひと混みに消えていくまで。

まだ動揺していた。なぜこの男がここにいるのだろう。

突然現れた鵜飼の横顔をまじまじと見つめる。

「どうしてここにいるんだ」

「貴方の考えることならたいていわかるんですよ。私との密なつき合いに怖《お》じけづいて、他のDomを探そうとした――そんなところじゃないですか」

「……おまえがあまりにも急激に俺に踏み込んでくるから。でも、お見合いパーティなら他でも開かれてるだろう。ピンポイントでここがわかったのはどうしてなんだ？」

「私との約束をキャンセルしたあと、貴方ならどうするだろうと想像を巡らせたんですよ。いまの貴方はSubとして自覚が芽生えたばかりだ。私以外のDomとの接触を恐れつつも、相性のいいパートナーを見つけてメンタル、フィジカルともに安定したい――そこで、週末に開かれるこのパーティに思い当たったんです。ここの運営会社は名のある結婚相談所で、DomとSubの出会いの場を作ることでも最近名を上げてきましたからね。マッチングアプリで相手を探すという線も考えましたが、貴方は大胆に見えて意外と慎重派だ。スマートフォンで未知の相手を探すよりも、自分の目で確かめたいんじゃないかと考えたわけです」

「……そういうおまえだから怖くなったんだ」

理路整然とした思考回路にあらためて脅威を覚える。

小声で呟くと、鵜飼は目を瞠り、やがて満足そうな顔になった。

そして耳元で囁いてくる。

「怖いと思うほどに惹かれた、ということですか」

「……なんでもかんでも自分のいいように取るな！」

「まあまあ、落ち着いて。もともと今日は私と昼食をともにする予定だったんです。なのに貴方は用事があると言って一方的にキャンセルしてきた。それがまさか、他のＤｏｍを探すため、なんて知ったときの私の動揺がわかりますか。それに免じて部屋に行きませんか」

「部屋？」

「このホテルに部屋を取ってあります。貴方と過ごすために」

耳朶《じだ》に吹き込まれた低い囁きに、身体の芯がぞくりとなる。

「私と来てくださいますね、紫藤さん？」

「それは――コマンドか」

「こころからのお願いです」

言葉どおり、その声に紫藤を操る節は感じられなかった。

だったら。

シャンパンをぐっと飲み干して近くのテーブルに置き、紫藤は彼とともに歩き出した。

部屋はホテル最上階にあった。一夜を過ごすためだけにスイートルームを押さえたらしい。

「どうぞ、ジャケットを脱いでくつろいで」

背後からジャケットを脱がせてくれる鵜飼に従い、袖を抜く。

パーティの喧噪《けんそう》を離れてふたりきりになると、なぜだかほっとした。

これからなにをされるかわからないのに、最初に感じた恐れはなかった。

紫藤が脱いだジャケットをクローゼットにしまい、鵜飼もネクタイをゆるめながら冷蔵庫の扉を開ける。

「二次会といきましょうか。なに飲みます?」

「ビールかワインを」

「なら、このよく冷えた白ワインを」

ハーフボトルの白ワインを取り出し、鵜飼はふたつのグラスに注ぐ。そのひとつをソファに座る紫藤に渡し、少しの距離を空けて隣に腰掛ける。

それからワインを啜り、深くため息をついて天井を見上げた。

「まったく、貴方というひとは目が離せない。今日の約束、楽しみにしていたんですよ」

「……悪かった。だけど、おまえ以外のＤｏｍにも会ってみたかったんだ。おまえがいきなり俺に触れてくるから判断力が鈍っている気がして……」

「私以外に、貴方にふさわしいＤｏｍがいると思うんですか」

眼鏡越しの鋭いまなざしを受けて黙りこくる。コマンドを出されたわけでもないし、グレアを浴びたわけでもないのに、こころのどこかは彼に屈服したがっている。そもそも抑制剤を飲んできたのだ。

これがＳｕｂならではの本能なのだろうか。

まだ覚束ない感覚に紫藤は揺れていた。

グラスに注がれたワインは甘口で冷たく、するりと喉をすべり落ちていく。

じわじわと指先や頬が火照《ほて》り、大きく息を吐き出した。

「……ほんとうに驚いた。ＧＰＳでも仕込まれてるのかと」

「実際そうしてもいいんですが、一応貴方のプライベートも大事にしたいので。ほんとうは二十四時間監視したいぐらいなんですけどね」

「怖いこと言うな」

「だってそうでしょう？　いくら私だけのものだと言い聞かせても、貴方はまともに取り合わずに他のＤｏｍを探そうとしている。どうやったら貴方は私だけのものだと信じてくれるんですか」

「それは……」

「グレアを浴びせてコマンドを出すのは簡単なことです。ですが、それで貴方のこころまでも奪えたということにはならない——それは、紫藤さんもわかるでしょう」

「わかる。本能で俺もたぶんおまえを求めていると思うが、……その、恋とは違う気がして」

そう言うと鵜飼が目を細め、せつなげな表情をする。

それまで彼を覆っていた硬い殻がぼろぼろと剝がれ落ちていき、最後には完全に傷ついた顔が見えた。

その表情を見たら不覚にも胸が疼いてしまう。

「……私のことを好きにはなれませんか。少しも……？」

掠れた声に胸が揺さぶられる。わざと悲しい表情をしているとは思えなかった。

だから紫藤はうつむき、ワイングラスを弄《もてあそ》ぶ。

「最初が最初だっただろう……俺の意思を無視して、追い詰めて……身体が反応したのは事実だが、気持ちが追いつかない。でも……」

「でも?」

「……嫌いにはなれない」

それは真実だった。

たったひと言に、鵜飼は傍目にも安堵した顔を見せる。だが、まだ不安なようだ。彼にしてはためらいがちに手を掴んでくる。

「——私は最初から貴方にひと目惚れしていました。あのパーティで出会う前から、ずっと」

「どこで俺のことを?」

「以前、業界紙でロングインタビューに答えたことがあったでしょう。写真付きで。自信に満ちた貴方の笑みを見た瞬間、こころを掴まれた。あの頃の貴方はまだDomだったはずですが、私には——私だけのSubだと確信していました。この強靭《きょうじん》な男を支配したい、可愛がりたい、愛したい……その一心でした。それまで私はパーティに呼ばれても出席することはなかったんですが、あの夜は貴方も参加すると噂に聞いて、チャンスだと思ったんです。この夜を逃してはならないと思った。多少強引な手を使ってでも貴方に近づきたかった」

「強引すぎだ、馬鹿」

「だって、ああでもしなければ貴方はSubだと自覚することはなかったでしょう。他の

Ｄｏｍからグレアを浴びせられて覚醒するなんて考えられない。だったら私が先に——」

「ものにしたかった、のか？」

「……そうです」

視線を落としている男がちょっとだけ可愛く思えるのが自分でも不思議だ。

肌だけでなく、こころも寄り添い始めているのだろうか。

あれだけ横柄に振る舞っていたくせに、紫藤のこころを掴み損ねていると知り、ショックを受けているのだ。

嫌いにはなれない。むしろ、自然なその表情を見ているとほだされてしまいそうだ。

Ｄｏｍとはいえ、ひとりの人間だ。強がっていても、傷つくときだってあるだろう。

ワインを飲み干した鵜飼はしばしじっとしていたが、すいっと視線を向けてくる。そこにはもう弱々しさはなかった。

「どうしても貴方が欲しい。身体から始まる関係だとしても、いつかはそのこころも私のものにしたい」

彼が目を眇め、ぐっと両肩を盛り上げる。

覚えのある熱波がぶわりと襲いかかってきて、不意打ちを食らった紫藤は目を瞠り、次第に身体を細かに震わせる。

グレアを浴びせられたのだ。それも、かなり強烈な。薬の効果すら打ち消してしまう強さがあった。

身体の芯が火照り、疼き、目の前の男に屈したくなる。むしろ、膝をついて彼にすがりつきたい。

「う、かい……っ」

「私はこの方法しか知りません。嫌がることはけっしてしません。……貴方が欲しいだけです」

身体をふらつかせる紫藤の肩を抱いて立ち上がらせ、鵜飼はベッドへと足を進める。とん、と胸をひと差し指でつつかれただけで身体が揺れ、そのままうしろに倒れ込んだ。鵜飼がのしかかってきて、じっと見つめてくる。紫藤が本気で嫌がっていないかどうか、確かめているみたいだ。

そのあまりにも真剣なまなざしに抗う気持ちがかき消え、彼の求めるものならなんでも差し出してしまいたくなる。これも、Ｓｕｂだからだろうか。

覆い被さってきた鵜飼がそっとくちびるを重ねてきた。

これまでにも何度かくちづけられたことがあるが、これはとびきりやさしく、紳士的なキスだ。

くちびるの表面を慎重に重ね、温もりを与え合う。

そのうち熱くなってきたくちびるをかすかに開けば、ぬるりと舌がもぐり込んでくる。

くちゅりと淫靡な音を響かせて搦め捕られ、うずうずと擦り合わせた。

それだけでもうたまらない。コマンドを出されているわけではないけれど、紫藤自ら鵜飼の背中に手を回し、しがみついた。

こんな身体にしたのは、彼だ。

キスをされ、舌を吸い上げられただけで感じてしまうようになった身体を持てあまし、じっとしていられない。

丁寧に歯列をなぞられ、舌の根元をくすぐられると呻き声が上がる。

慣れた仕草で鵜飼がネクタイを外し、ワイシャツのボタンを外していく。うっすらと汗ばんだ胸を大きな手のひらでまさぐられ、尖りを揉み込まれると火が点いたみたいに快感がぱっと弾け、じわんと全身に甘い痺《しび》れが走っていく。

「すっかり私の手に馴染んで……可愛いな」

「ん……っん……ぁ……っ……」

「もっと声を聞かせてください」

乳首をくりくりと捏ねられて、腰裏が熱く痺れてくる。ずきずきと物憂い快感が理性を覆い隠し、もっと愛撫をねだりたくなってしまう。

「……っぁ……」

「ここ、舐めたほうがいいですか。それとも噛んだほうがいいですか？」

「う、ん……っ」

「ほら、素直に答えて。貴方のお望みのままに」

先端をねじられると、えも言われぬ快感がそこに集中してもうなにも考えられない。以前はこんなではなかったのに。

風呂で身体を洗うとき、無意識に指が胸を掠めてもなにも感じなかった。なのにいまはどうだ。

鵜飼の手で開花させられた身体は男の愛撫に敏感に応え、もっと深いところまで連れていってほしがっている。

「あ……っぅ……」

「紫藤さん、答えて。貴方を感じさせたいんです」

「……か……」

「ん？」

「……噛んで、ほしい……」

にやりと笑った鵜飼が、「わかりました」と言うなり、乳首を前歯できゅっと噛み締める。

「あぁ……ッ！」

思わず身体が跳ねた。凄まじい快楽がほとばしる。嚙られる乳首がツキツキと痛み、それをも上回る快感へと紫藤を落とし込んでいく。

「気持ちいいでしょう」

「……ん……んっ……いい……っ」

歯形がつきそうなほど噛みまくられ、声が掠れる。

痛みで感じるたちだなんて、鵜飼に出会うまで知らなかった。

彼の噛み方は絶妙で、ぎゅっと噛み締めたあとはねろりと舐め回し、じんじんとした疼きを植えつけてくる。

だんだんとそこが硬く尖り、やっと鵜飼が顔を離したときには根元からピンとそそり勃っていた。

「男なのにこんなに真っ赤にふくらませて……、いじらしいな」

「う……」

羞恥心とここちよさの狭間で泣きたくなる。

「もっといいこともしてほしいでしょう」

「んっ……」

乳首を舐られただけではすまないようだ。

鵜飼がベルトをゆるめて下着ごとスラックスを引き下ろす。ぶるっと飛び出た肉竿をしっかり摑むと、ぬちゅりと扱き上げてくる。

「ア……！」

背筋がびぃんとしなる。

巧みな手つきで追い詰められ、あっという間に高みへと押し上げられる。ぬちゅぬちゅと弄り回す指が気持ちいい。こんな指は知らない。

肉茎に巻きつく指にたちまち夢中になる。亀頭の割れ目をすりすりと擦られてこじ開けられ、愛蜜がとろりと滴《したた》り落ちる。

内側のやわらかな粘膜を擦られると、腰裏がうずうずしてきてじっとしていられない。もどかしくて危うい快感がすぐそこまで迫ってきていて、いまにも達しそうなのに、鵜飼は根元をきゅっと締めつけて射精を阻《はば》む。

「まだまだ。今日はゆっくり愉しみましょう」

起き上がる彼が衣服を脱ぐ。

最後の一枚に手をかけたとき、思わず目が釘付けになった。

大きい。それにとても硬そうな雄の象徴に喉がからからに渇いていく。

「気に入ってもらえそうですか？」

くすりと笑う鵜飼が自分のものを根元から支え、軽く扱き上げる。

長い男根は臍《へそ》につきそうなほどだ。太い裏筋がぼこぼこと幾筋も走っていて、思わずごくりと喉が鳴る。

この男とセックスしたら、これを受け入れることになるのだろうか。

「今日は無理しません。準備もしていないし。……ただちょっと擬似的なことを」

エラの張った肉棒をゆっくりと扱いた彼が、紫藤の身体をくるりと裏返す。

「四つん這いになって《クロール》」

やさしい声だ。頭の中がそのコマンドで占められる。

自然と四つん這いの姿勢を取り、尻を高々と掲げた。シーツをぎゅっと掴んでいると、
尻の狭間にぬるりと男根が押し当てられる。

「ん……ッ」

先走りで濡れた雄芯は緩慢な動きで紫藤の窄まりを撫で回し、いまにもぬぐりと挿《はい》り込みそうだが、無理強いしてくることはない。

ぬるっ、ぬるっ、と先走りを擦りつけてくる男根の動きに、セックスを連想させられる。

そのまま寝かされ、鵜飼の雄はぬるついた太腿の間に挟まった。

両足をぴったりと閉じさせられ、尻の間に雄芯が挟まる。そんな形でぐっぐっと動き出されると、肉棒が陰嚢を刺激し、たまらない。

「あ、あっ、や……っぁ……っ」

ずりゅっと動く肉棒のいやらしい弾力に声が止まらない。

なにかの拍子に中へずるりと挿り込みそうなのに、それをぎりぎり避け、むっちりとし

た尻の弾力を鵜飼は愉しんでいる。

「倒錯的ですよね、こういうのも。いまにも挿れそうなのに――……」

鵜飼の息が浅くなる。枕を摑む紫藤も全身を汗みどろにし、彼の要求に応えようとする。

両腿の際どいところを出たり挿ったりする肉棒の力強さに負けそうだ。

もっと奥で、もっと中で感じてみたい、そう言ってしまいそうな気がして。

うなじに嚙みついてくる男がぐぐっと強く抉《えぐ》ってきて、紫藤は背をのけぞらせた。

「あぁ……っ!」

頭を振った瞬間、思わぬものが目に入った。

左腕の内側、縦に並んだみっつのほくろ。

ちらっと視線をずらすと、自分のそこにも同じほくろがある。

単なる偶然か。それとも。

「……もう我慢できない」

「んっ、ん!」

余計なことを考えている紫藤を戒めるように、鵜飼が激しく腰を打ちつけてくる。ずりゅっ、ぬちゅっ、と肉棒で窄まりと陰嚢を擦られ、紫藤も限界だ。

わずかに腰を浮かせれば、前に回った手が肉茎を扱き上げる。

「あ、っだ、めだ、や、や、も、イく、イっちゃ……!」

「一緒に」

鵜飼の律動が深く、大きくなっていく。頭の底までぐらぐらと煮え、身体中の熱が一点を目指して集中する。

「――いつか、貴方の中でイかせて」

「あぁ、あっ、あぁっ！」

鵜飼が大きくグラインドした瞬間、熱がぱっと弾けて紫藤はおびただしい量の精液を放った。ほぼ同時に鵜飼も紫藤の腰に熱をぶちまけてくる。

尻の狭間にとろりとすべり落ちる精液の熱さにうっとりとし、そのままくたんと四肢の力を抜いた。

息を切らした鵜飼はなおも名残惜しそうに二度三度腰を揺らしていたが、やがて、深く息を吸い込んでぴったりと覆い被さってくる。

「……重い」

「ふふ、私の気持ちそのものです」

ちゅっ、ちゅっ、とうなじにキスを繰り返してくる男の左肘の内側を凝視していた。

黒いみっつのほくろ。

それをひと差し指でなぞり、「……ほくろがある」と呟く。

「ひとつ、ふたつ、……みっつ」

ひとつひとつ、指で押さえていく。

「生まれたときからあったんですよ」

「……俺も、同じところにある。ほら」

彼に見えるように左腕の内側を晒すと、鵜飼が目を細めた。

「こんな偶然もあるんですね」

「偶然、なのか？」

「それ以外のなにが？」

「鵜飼」

身体の向きを変え、彼と顔をつき合わせる。

「おまえ、……ひょっとして紫藤家と関わりがあるんじゃないのか？」

「私が？」

「このほくろは紫藤家の男子に現れるものだ。でも、俺は紫藤家のひとり息子で……」

そこで言葉を切って、ずっと胸にわだかまっていた疑問を口にするかしまいか、しばし悩む。

鵜飼はじっと待っていた。眼鏡をかけたままだ。切れ長の目、鼻筋が美しい。

上くちびるの色っぽい厚さが自分とよく似ている。

「……もしかしたら。……もしかしたらなんだが、おまえは俺の……腹違いの弟だったりするんじゃないのか？」

ついっと鵜飼が目を眇めた。

なにか言いたそうな顔でくちびるが開いたり閉じたりするが、結局は笑い出す。

「私が貴方の弟、ですか。どこからそんな突拍子《とっぴょうし》もない考えが出てくるんですか。ただの偶然です」

「でも……」

「ほんとうに兄弟だったら、こんなことしちゃいけないでしょう？」

軽くくちびるを重ねてくる男の背中に手を回す。

着痩せするたちなのだろう。分厚い背中をしっかり抱き締めると、鵜飼が驚いたように目を瞠り、「熱烈ですね」と苦笑いしてキスしてきた。

——ただの偶然じゃない、絶対に。

言葉にはできないけれど、確信があった。

この男と自分には、なんらかの繋がりがある。

それを裏付ける証拠がほくろだけでは弱い。あともうひとつ、決定打があれば。

紫藤家の嫡子は自分ひとりだけだ。それは幼い頃からの暮らしでよくわかっている。

腹違いの弟かもしれない男を抱き締め、紫藤は深い呼吸を繰り返していた。

いけないことをしているという自覚は確かにあった。しかしそれを上回る感情は複雑で、まだ言葉にならない。
ただし、同情ではなかった。けっして。
血の繋がりがあるからこそ惹かれるのかもしれないし、反発もしたくなる。
すべては自分の思い過ごしだったらお笑いぐさだが、――でも、と思う。
これは偶然なんかじゃない。
なにかしら明確な答えがあるはずだ。
そして、それに逆らってもいまの自分は鵜飼の背中を抱き締めているのだ。

6

　十月ともなれば本格的に冬物が店頭に並ぶ。陽射しは日に日にやわらかくなり、空気が澄み、秋の深まりを感じさせる。

　紫藤もコットンの長袖パジャマに替えた。上質なコットンでできたそれはさらりとした肌触りで、洗えば洗うほど爽やかに馴染む。

　朝の食卓で、紫藤はスマートフォンを弄っていた。

　相変わらず「ピークタウン」の株価は絶好調。相反して、「ジョーディア」はゆるやかな右肩下がりを続けている。

　このままでは駄目だ。なんとかしなければ。

　鵜飼がほんとうに自分の弟かどうなのか確かめたい気持ちは揺らがないけれど、やはり仕事を優先しなければ。

「ジョーディア」の未来はこの自分の両肩にかかっている。

　濃いめに淹《い》れたコーヒーをひと口飲み、ハムと目玉焼きを乗せたトーストを囓る。

「ピークタウン」に出店するか否か。

ここ最近ずっと考えてきた。販売戦略部長の伊藤には猛反対されたが、自社サイトの売り上げも伸び悩んでいる。

もともとファッションブランドメーカーが作るオンラインサイトと、最初からネット通販に長けたショッピングモールとでは見せ方も売り方も異なるのだ。「ジョーディア」では外部の業者にオンラインサイトの構築を依頼している。けっして悪い出来ではないのだが、あらためて見るとやはり地味なのだ。

スマートフォンを操作し、「ピークタウン」にアクセスする。すぐにお得なクーポンやセール情報が表示され、デイリーランキングがずらりと並ぶ。

いま、なにが人気なのか。どんな服が流行っているのか。ここを見れば一目瞭然だ。「ジョーディア」は、メンズ、レディースファッション誌に広告を打っているけれど、いまの若い世代はスマートフォンでどんな服が流行なのかを知るのだろう。

悪く言えば、誰でも同じような服を選ぶ可能性があるのが「ピークタウン」の短所。しかし、最新の流行りを押さえ、しかも自分の買いやすい価格帯の中から選べる自由な選択ができるのが大きな長所だ。

「ジョーディア」でも根強い人気を誇る「ヨシオ　タケウチ」のようにデザイナーのメッセージ性が強い服を好むひとはいまだってしっかり存在している。

そんなありがたい顧客はまめに店頭に足を運び、新作の到着をこころ待ちにしてくれている。

とはいえ、店頭にわざわざ来てくれるひとそのものが減っている現状だ。誰もがスマートフォンを持っている時代である。この四角い板の中で時代の流れを摑み、お得に商品を買えるとなったら、誰だって便利なほうを選ぶだろう。

家にいながらにして、ゆっくり画面を見てお気に入りの一枚を選ぶひとだって大勢いるはずだ。

いちいち混雑している場所まで出たくない。店員に接客されるのが苦手だ。そう考えるひとにとって、オンライン通販はうってつけだ。

ため息をつき、トーストの欠片を咀嚼《そしやく》し、コーヒーで流し込む。

どうあっても、「ピークタウン」には勝てないのか。やはり、出店するべきなのか。

易々と折れるのは癪《しやく》だが、答えはもう出ている気がする。

ただ、販売戦略部長の伊藤をどう説得するか、それが問題ではある。

ひとりで考えていてもらちがあかない。

朝の七時、鵜飼も起きている頃だろう。スマートフォンで彼の番号にかけると、ツーコールで出た。

『おはようございます紫藤さん。朝からお声が聞けて光栄ですよ。どうかなさいましたか』

「じつは……『ピークタウン』に出店することを考えている」

『ほんとうに?』

「ああ。だが、うちの販売戦略部長が反対しているんだ。なにかいい案はないかなと思って」

『なるほど……たぶん、部長さんは私自身にも疑心暗鬼になってますよね』

「だろうな。おまえは時代の寵児だから」

『ぽっと出ですからね。……そうですね。こういうのはどうでしょう。私が〈ジョーディア〉店舗に立って、接客販売するところを見ていただくとか』

「おまえが?」

『ええ。普段は私もデスク前にばかりいますから、顧客の顔をじかに見る機会はないんです。〈ジョーディア〉が誇る〈ヨシオ タケウチ〉の旗艦店にてお手伝いさせていただけないでしょうか。その場面を販売戦略部長にも見ていただければ、私の本気度もわかってくださるんじゃないかと』

「いいな。だったら俺も店頭に立とう。久しぶりに接客がしたい」

『どっちが売り上げを出すか、賭けませんか?』

「賭けって、どんな」

『私が勝ったら貴方を好きにしていい権利をもらうこと。貴方が勝ったら、私を好きにしていい権利を差し上げます』

「……それ、どっちもどっちだろ」

電話の向こうは可笑しそうに笑っている、

『では早速、明日、〈ヨシオ　タケウチ〉旗艦店に伺います。販売戦略部長さんも呼んでおいてください』

「わかった。よろしく頼む」

電話を切り、息を吸い込む。

数年ぶりの接客だ。うまくいくだろうか。

「……悩んでいても仕方ないな。やるか」

己にはっぱをかけた次には、もうひとつの懸念材料が浮かび上がってくる。

鵜飼と自分の腕にあるみっつのほくろ。あれはただの偶然じゃないはずだ。

これもまた、ひとりであれこれ考えるには負担が大きすぎる。

実家の電話番号を呼び出し、かけてみた。

幸いにも電話はすぐに繋がり、目的の人物が電話口に出た。

「お父さん、元気ですか」

『謙か。私は元気だよ。昨日もゴルフに行ってきたばかりだ』

「相変わらず好きですね、ゴルフ」

父、賢一郎のゴルフ好きは現役時代の名残だ。引退したいまでは、曜日を選ばずにのびのびと神奈川や長野のゴルフ場に通っているようだ。

「……突然の話で悪いんですが、お父さん、若い頃はもてたでしょう」

『急にどうした。まあ、過去の栄光だが、そういう時期もあったな』

「週刊誌にスキャンダルをすっぱ抜かれたことが二度ほどあったじゃないですか。覚えてますか？」

『ああ、覚えてる。そのたび、母さんが取りなしてくれて助かったよ』

「……ほんとうに隠し子はいませんか？」

電話の向こうが一瞬黙り込む。しばしの間を置いて、「ない」と返ってきた。

『ない、……はずだ』

「歯切れが悪いですね。もしかして、過去関係を持った女性が姿を消して、ひそかにお父さんの子を産んだとかは？」

『どうしたんだ、突然』

「いえ、ちょっと引っかかることがありまして」

賢一郎は口を閉ざしていた。言葉を探しているようだ。

『……もし……、そういうことがあったとしたら、私は認知しているはずだ』

「ですよね。お父さんとお母さんの仲を疑うわけではないんですが、もしかしたら、ということもあるかなと」

『若い頃はずいぶんと過《あやま》ちを犯したからな。偉そうなことは言えん。もしもなにかあったら、すぐに電話してくれ』

「わかりました」

そのあと会社の方針について少し話し、また電話しますと言って通話を終えた。

快活な父が一瞬だけ口ごもったことが気にかかる。

やはり、自分の勘は当たっているんじゃないだろうか。

——鵜飼が父の隠し子だったら。俺の弟だったら。

——どうする？

答えは何千万通りもある。

その中から、真実を掴み取れるだろうか。

半分だけとは言っても血の繋がりがあるかもしれない鵜飼と関係を続けていっていいのか。

煩悶《はんもん》するものの、いまさら断ち切れない。

ほんとうのことが知りたかった。

「この商品を店頭に並べればいいんですね、わかりました」

　バックヤードできびきびと動く鵜飼は「ヨシオ　タケウチ」のダークブルーのスーツに身を包んでいた。今年の夏に出たばかりの新作だ。

「それ、わざわざ買ったのか」

　同じく「ヨシオ　タケウチ」のグレーのスーツを身に纏った紫藤が訊くと、「ええ」と簡潔な答えが返ってくる。

「この表参道店のショーウィンドウに飾ってあったのがとても素敵でしたから。即決でしたよ。着心地は抜群だし、なによりちょっと凝《こ》った襟の形がいい。シングルスーツでも襟に遊びごころがあると着るのも楽しいですよね」

「確かに」

　ネクタイもシャツも、靴下さえも「ヨシオ　タケウチ」でそろえた鵜飼はやる気のようだ。バックヤードに積まれた段ボール箱を丁寧に開け、ひとつひとつ商品を取り出し検品していく。

　服が破損していないか、ボタンの欠けなどはないか。一枚一枚チェックして、店頭に運んでいった。

　開店二時間前、店内は品出しや清掃に大わらわだ。

紫藤は店内清掃にいそしんだ。

前の晩に軽く掃除はしてあるが、きちんと手入れをするのは営業日の朝だ。モップで床を拭《ふ》き、ラックの一段一段をクロスで拭いていく。

客の目の届かぬような隅まで磨き上げ、額の汗を拭った。

試着室はとくに念入りに掃除した。

ここで客は新作を試すのだ。そのとき、鏡が曇っていたり、個室内の隅に埃が溜まっていたらがっかりするだろう。

「ヨシオ　タケウチ」の試着室は二部屋あり、ゆったりした作りになっている。

中には鞄を置く籠に、ひとり掛けのふかふかしたチェアが用意されている。そこも粘着テープで丁寧に埃を取りのぞく。

一畳ほどある試着室がすっかり綺麗になったことに満足し、ドアノブもクロスで拭って出た。

表通りに面したウィンドウ前では、鵜飼がスタッフとともにマネキンに今日の一着を着せている。秋らしく、ダークブラウンのスーツにシルバーのネクタイだ。

「こんなふうに服を手に取って道行くひとに魅せる仕事は初めてです」

微笑む鵜飼が振り返ったので、紫藤も頷く。

「ショーウィンドウはブランドの顔だからな。毎日目を引く一着を決めるのは店長の役割なんだ。鵜飼、今日はおまえが仮店長だぞ」

「滅相《めっそう》もない。店長代理を務めるなら、貴方でしょう」

店舗で働くのが珍しいのか、鵜飼は次になにかできないかとあたりを見回している。いい兆候だ。つねにオフィスの中でパソコン相手に服や靴を売っている者としては、リアル店舗が新鮮なのだろう。

店長やスタッフとも言葉を交わしているうちに、開店時刻がやってきた。十一時。店の扉の鍵を開ける。

「ヨシオ タケウチ」はほとんどが商業施設に入っており、ここは唯一の独立店舗だ。客に威圧感を与えないように扉の片側を開放したままにし、紫藤は鵜飼とともに店の奥に控える。

最初の客が入ってきたのは十一時半頃のことだ。まだ二十代とおぼしき男性で、いささか緊張している。

「いらっしゃいませ」

紫藤が笑みとともに出迎えると、鵜飼もそれにならう。

客が一瞬萎縮したように見えたので、それ以上は無理して声をかけず、ゆっくり商品を見てもらうことにした。

男性はジャケットのラックに近づき、一着ずつ確かめている。ダークグレーの生真面目な印象のジャケットで手が止まった。

生地の感触を確かめるような手つきに、そっと紫藤は近づく。

「そちら、入荷したばかりの新作です。軽い素材を使っていますから、羽織っていても肩が凝らないうえに、とてもラインが綺麗ですよ。ジャケットをお探しですか？」

「はい。来月から新しい会社に転職するので……清潔な印象のスーツを買おうと思って」

「なるほど。一度羽織ってみてはいかがでしょう。着てみればイメージしやすいですよ」

「……いいですか？」

「もちろんです」

男性を鏡の前にうながす。

「こちらへどうぞ」

ハンガーからジャケットを外し、背後から男性に羽織ってもらう。

「ほんとだ。思ったより軽い」

「皺になりにくい素材でもありますので、脱ぎ着する際にも気を遣わなくてすみます」

男性は肩を回し、ジャケットの軽さを確かめている。

鵜飼がさっと動いて、同じ素材のスラックスを手に戻ってきた。

「こちらがスラックスになります。上下でそろえるなら、スラックスもご試着されますか」

「はい」

「試着室はこちらです。どうぞ」

男性を試着室へ案内する鵜飼の背中は、どうかすると誇らしげだ。

「裾上げいたしますので、お気軽にお声がけくださいね」

「わかりました」

試着室前で待つこと数分。扉が開いて、男性が姿を現す。紫藤はすぐさま跪き、裾の長さを調整してまち針で仮止めする。

「いかがでしょう。センタープレスが入っているので、すっきりした印象になります。表の鏡でご覧になりますか」

男性は素直に頷き、店側が用意した革靴に足を入れ、大きな鏡の前に立つ。

そこへ鵜飼が真っ白なワイシャツと温かみのあるイエローのネクタイを運んできた。

「ダークグレーのスーツなら、こういったお色のネクタイが似合うかと」

彼なりにコーディネイトを考えているようだ。

「全部素敵ですね。でもまとめて買うと結構いい値段しちゃうかな……」

男性の言うとおり、スーツ一式を買うと十万円は超える。

鵜飼は少し怯《ひる》んだようにワイシャツを持ったままあとずさる。

紫藤が完璧な微笑みとともに鵜飼の手からネクタイを取った。

そして男性の胸元にあてがう。

「ネクタイは男性の武器です。このお色なら春頃まで使えますよ。芯もやわらかめなので、とても締めやすいかと」

「そうか……長いシーズン使えるのはいいですね。毎日使うものだし……」

「鵜飼さん、そちらの棚からシルバーのネクタイを取ってきてください」

「はい」

すかさず鵜飼がネクタイが並ぶ棚から一本を手にしてそばに近づいてくる。それを紫藤は男性にもう一度あてがう。

「シルバーもお似合いになりますが、お客様の肌の色ならやはり暖色系がよいかと。素材もしっかりしていますので、長持ちします」

「うん……そうですね。イエローのネクタイのほうが使いやすそうです」

「よくお似合いです」

鵜飼は接客するのがこれが初めてだけに、その横顔は幾分緊張しているが、客と言葉をじかに交わせるのが嬉しいのだろう。わずかに頬が紅潮している。

「いいですね。営業職に就くので、これぐらい明るい色がいいかも。裾上げをお願いしたら何日でできあがりますか」

「三日でお仕上げいたします」

「なら、このジャケットとスラックス、……あとワイシャツとネクタイもください」

「ありがとうございます」

深々と頭を下げた。男性は新しいスーツの着心地に満足した顔で着替え終わり、試着室から出てきたあと、クレジットカードを鵜飼に手渡す。

「一括でお願いします」

「かしこまりました。スラックスの裾上げが終わり次第、ご連絡いたします。お電話番号とお名前を頂戴できますか」

紫藤の言葉に男性は頷き、ボールペンを受け取る。伝票にさらさらと連絡先を書いていく様子を、鵜飼はほっとした様子で見守っている。

「ジャケットとワイシャツ、ネクタイは今日持って帰ります」

「お包みして参ります」

鵜飼が商品を受け取り、レジ台の背後にあるカウンターで薄紙でワイシャツを包み始めた。ネクタイやジャケットも。ショッパーに入れればできあがりだ。

男性にショッパーを渡すと、照れたような笑みが向けられた。

「ずっと『ヨシオ　タケウチ』のスーツに憧れてたんです。これを着て、仕事頑張ります」

「こころより応援しております」

「ありがとうございました。またのお越しをお待ちしております」

鵜飼とともに客を送り出し、姿が見えなくなったところで目配せして笑い合った。

「緊張したか」

「少し。……初めてリアルなお客様に商品をお買い上げいただきました」

感慨《かんがい》深そうな面持ちで鵜飼が眼鏡のブリッジを押し上げる。

「最初の客でしっかり売れたな。幸先がいい」

「いまの場面を販売戦略部長さんにも見ていただければよかったのですが」

「彼が来るのは午後二時過ぎだ。この店舗は客が大勢来るわけじゃないが、通りすがりにちらっと寄ってくれるひともいる。商品を購入しないお客様にも笑顔で接客しろよ。第一印象が大事だ」

「わかりました」

彼にしては謙虚に頷く。

それから午後二時まで数人来店したものの、誰も商品購入には至らなかった。シャツ一枚が二万円を超える価格帯だ。

そう簡単に財布の紐《ひも》をゆるめてくれないことは最初から覚悟していた。

それよりも、今日最初の客に鵜飼が慎重に接していたことが気に入った。前もって「ヨシオ　タケウチ」のラインナップを学び、自分なりにお勧めのコーディネイトを考えてきたのだろう。見た目どおり真面目な性格だ。

——不埒なコマンドさえ出さなければ。

さすがに今日はリアル店舗での仕事だし、彼も変な気は起こさないだろう。

客が手に取って乱れた服を畳み直していると、店先にひとの気配がする。

「いらっしゃいま……これは、伊藤さん」

「約束どおり来ましたよ」

「ヨシオタケウチ」のスーツに身を包んだ伊藤が不満そうな顔で、紫藤のうしろに立つ鵜飼を見やる。

「初めてお目にかかります。『ジョーディア』販売戦略部門の伊藤と申します」

「お世話になります。『ピークタウン』代表取締役の鵜飼と申します」

異なる企業とは言えど、鵜飼のほうが立場は上だ。

しかもいまめきめきと力をつけている「ピークタウン」のトップともなれば多少は遠慮するものだが、伊藤は軽く鼻を鳴らすだけだ。

「ジョーディア」には歴史があるとでも言いたげな顔に、紫藤は笑みを返し、「奥のカウンターへどうぞ」とうながす。

「今日の売り上げはどうですか」

「ほどほどと言ったところです。開店直後にスーツ一式をお買い上げになった方がいらっしゃいました。鵜飼さんお勧めのワイシャツとネクタイもご購入くださったんですよ」

「ふぅん……ついてましたね。まあ、ビギナーズラックということもありますから」

取り付く島もない伊藤がカウンターの内側に入る。それとほぼ同時に、三十代とおぼしき男性ふたり連れが店に入ってきた。

「いらっしゃいませ」

鵜飼が微笑とともに迎え出たが、彼らの服装を見て一瞬頬が引き攣《つ》った。

ふたりとも光沢のある黒シャツと細身のジーンズを身に着けている。大きく開いた胸元には趣味の悪いゴールドのチェーンネックレスが光っていた。

ホストかチンピラか。

新宿《しんじゆく》や池袋《いけぶくろ》ならさほど珍しくもない出で立ちだろうが、ここは表参道だ。髪を明るいアッシュブロンドに染めた男たちの柄の悪さに紫藤も目を止めた。

「いらっしゃいませ」

たぶん冷やかしだろうなと思うものの、胸の裡は顔に出さず、丁寧にお辞儀する。

男たちは店内にずかずかと入り込んできて、棚のシャツを無造作に広げた。

「へー、こんなシャツが三万円もするのかよ」

「そんな値段には見えないけどな。これだったら、角にあるファストファッションで充分じゃやねえ?」

「充分充分」

乱雑にシャツを棚に投げ捨て、次はジャケットの掛かったラックを乱す。

チャラチャラして行儀が悪いが、客は客だ。よほどのことがない限り、追い出すわけにはいかない。

鵜飼がどう出るかとちらりと見ると、男たちから少し離れたところで顔を引き締めている。こういうアクシデントも初めてなのだろう。

店を構えている以上、どんな客がやってくるか、その場にならないとわからないものだ。思う存分冷やかせば満足して帰るだろう。

商品を傷めることがなければ、それでいい。

男たちが店内を荒らし回る。アルコールの匂いがぷんと鼻を突いた。まだ昼日中なのに、どこかで飲んできたらしい。

たちが悪いなと思うが、服を乱すぐらいでは文句も言えない。鵜飼も同じ思いらしく、慎重に男たちのあとをついていく。

「ひゃー、ジャケットで十二万かよ!」

「すっげ、さすが表参道」

「高い高い。この店なんでもたけえなあ!」

男が大声を上げたところで、さしもの紫藤も「お客様」と声をかけようとしたときだった。鵜飼が背筋を伸ばしてニットのカーディガンを手に、彼らに歩み寄る。

「――確かに私どもの商品は多少値が張りますが、お客様がご納得できるアイテムもございますよ」

「はあ？　どんなのだよ。お堅いスーツなんかごめんだぞ」

男が顔を顰《しか》める。

「こちらのカーディガンなどいかがでしょうか。お客様のシャツにしっくり来る黒のニットです。着心地も軽く、今日のような日にもぴったりですよ」

そう言ってボタンを外したカーディガンを男に羽織らせる。

男は戸惑った表情だが、ふわりと肩に掛けられたカーディガンの質のよさに気づいたようだ。

「……軽い」

「カシミアでできております」

「でもアレだろ？　ニットは手入れが面倒くせえっつうか……」

「このカシミアはご自宅で手入れできます。洗濯機のおしゃれ着コースで洗っていただけますよ」

「へえ……でも、でもさ、たけえんだろ」

「こちらのニットは三万二千円です。極上のカシミアでできていますから、長年着ていただけますよ」

男は毒気を抜かれたような顔でカーディガンの襟を弄っている。黒のニットだから、シャツやジーンズともよく似合っている。

「三万か……」

「……まあ、スナック三日分の飲み代だろ。たまにはそういうニットもいいんじゃね？似合ってるし」

「マジで？」

「マジで。似合ってる」

男たちは顔を見合わせ、そろって鏡をのぞき込む。根っからの悪人というわけではないらしい。

「そっかー……たまたま入った店だけど……」

「今日はこのあと冷え込むようですよ。このまま羽織っていかれては？」

笑顔の紫藤が会話に混じると、男たちは浅く顎を引く。

「そうすっか。せっかく表参道まで来たんだし、記念に一枚買って帰るか」

「そうしろそうしろ。羽織っていけばいいじゃん。風、冷たくなってきたし。それ着てもう一軒行こうぜ。絶対モテモテ」

「悪くねえなー。……じゃあ、これください」

いきなりしおらしくなった男たちにほっと胸を撫で下ろし、クレジットカードを受け取った。整った顔からしても、どこかのホストなのだろう。

「またこっち方面に来たら寄らせてもらうわ」

「ぜひ」

値札を切ったカーディガンを羽織り、満足そうに鏡の前で手ぐしで髪を直した男たちを入口まで見送った。

「またのご来店をお待ちしております」

「ありがとうございました」

男たちの姿が見えなくなるまで頭を下げ続けた。

客の気配が消えたところで、ぽんと鵜飼の肩を叩いた。

紫藤が頭を上げても、鵜飼はまだなお同じ姿勢を取っていた。

その姿に胸の裡が温かくなる。

――いい奴、だよな。

問題は山積しているが、彼への想いが深くなる。そして、より明確になってこころに根付く。

好きだ。

彼が。

芽生えたての恋ごころが、胸の奥で艶《あで》やかに花開く。

顔を合わせたときから生意気で強引で腹の立つことばかりしてきたが、仕事には熱心だし、Ｄｏｍとしてコマンドを発するとき以外は紳士的だ。

そのコマンドを口にする際も、悔しいぐらいに男前であることは認める。

肌を許したのも、自分がじつはＳｕｂだからというだけではなく、鵜飼への想いがあったからだ。

ＤｏｍとＳｕｂは恋愛感情がなくても、パートナーになれる。

支配したい、支配されたいという望みが叶いさえすれば。

しかし、そこに紫藤は恋を見つけた。

仕事を愛する男が好きなのだ。

——好きだ、おまえのことが。

認めてしまえば、ずっとつかえていたものが胸の底にすとんと落ちる。

腹違いの弟かもしれない。まだ確定していないが、直感はそう告げている。

異母弟と抱き合う。

そのことに嫌悪感はなかったけれど、当たり前の葛藤はあった。

もし、彼と結ばれたとしてもけっして公表できない。

だけど、それでもいいのではないだろうか。

鴉飼以外のDomに支配などされたくない。この底のない渇望を満たしてくれるのは彼だけだ。隷属《れいぞく》する性――Subとして、鴉飼からもう離れられない。一生抱えていく秘密だとしても、それでいい。

鴉飼にコントロールされることを悦ぶ本能がそう教えてくれている。

ようやく、鴉飼が頭を上げた。

「おまえ、……よくやったな」

「とっさの判断です。オンライン通販ではクレーマーも多いので」

「でも、それって電話かメール対応だろ？　対面販売でうまいことあしらうなんていい度胸じゃないか」

「お褒めにあずかり光栄です。――合格ですか？」

いつの間にか、背後に伊藤がやってきていた。渋い顔をしている。

男たちが騒いでいた間、伊藤はカウンター内でずっと身を潜《ひそ》めていた。彼も、荒っぽい客には慣れていないのだろう。深く息を吐き出している。

「一時はどうなるかと思いましたよ……紫藤さんか鴉飼さんのどちらかがあの男たちを追い出すんじゃないかって」

「どんな方でもお客様ですから。ここは『ヨシオ　タケウチ』旗艦店。『ジョーディア』が誇るブランドのひとつで、私も憧れております。いまのような対面販売、大変参考になりました。『ヨシオ　タケウチ』の魅力をもっと多くの方に知っていただきたい。ぜひ、我が社への参入をご検討いただけませんか」

鵜飼の熱っぽい言葉に、伊藤は腕組みをしている。

「ピークタウン」のトップじきじきに頭を下げられ、悪い気はしないのだろう。ちらっと紫藤の顔を窺ってきた伊藤が、「……まあ」と頷く。

「試験的に参入する……という案もありでしょう」

「ほんとうですか」

「伊藤さん、お許し願えますか？」

紫藤の言葉に、伊藤はまだ難しい顔をしているが、反旗を翻《ひるがえ》すつもりはないらしい。

「紫藤社長の挑戦にひとつ乗ってみましょう。我が社のオンライン通販サイトも続行しながら、『ピークタウン』にも出店する。期間はとりあえず半年。いかがでしょうかな、鵜飼さん」

「構いません。その半年で御社にご満足いただける売り上げを出してみせます。『ヨシオタケウチ』をはじめ、『ジョーディア』全ブランドを扱わせていただけますか」

「紫藤社長のご判断に委ねましょう。どうしますか、社長」

「とりあえず半年、全ブランドを『ピークタウン』で展開させてみよう。うちのオンライン通販サイトとの違いが知りたい」

「かしこまりました。では、明日早速契約書をお持ちいたします。弊社は新規参入の企業様の出店料を二十パーセント引かせていただいております。委託料もサービスさせていただきますので」

「いいのか?」

「私の念願でしたから。『ジョーディア』の商品を扱わせていただくのは」

こちらに分のいい取り引きに、伊藤も満足げな顔だ。そのことに安堵し、紫藤は頬をゆるめた。

「……この賭け、私の勝ちですね?」

伊藤が他のスタッフと話している最中に、鵜飼が耳打ちしてくる。

好きだと認めたばかりの男の囁きに胸が躍り出す。

「賭けなんて覚えてたのか」

「もちろんです。忘れてましたか?」

「仕事に精一杯でそれどころじゃなかった」

「ひどいひとだな。私は貴方に勝つことばかり考えてましたよ」

「それにしては丁寧な接客だったじゃないか」

「私にとっても大事な機会でしたからね。——約束、守っていただけますね? 今夜、私の部屋に来てください」

突然艶っぽい声で耳打ちされ、背筋がぞくりと震える。

「手料理を振る舞います。来て、くださいますよね?」

背中にそっと手をあてがわれ、紫藤はこくりと頷いた。

7

「そこのソファに座っていてください。ぱぱっと作っちゃいますから」

「いや、俺も手伝う。座ってるだけじゃ落ち着かないし。なに作るんだ?」

「ぐっと秋めいてきたので、クリームシチューを。ニンジンにジャガイモ、タマネギ、キノコもたっぷり入れましょう。肉は鶏肉。紫藤さん、なにか苦手な野菜はありますか」

「全部好きだ。っていうか、俺を子どもだと思ってるだろ」

「紫藤さんは育ちがいいから、好き嫌いが激しそうで」

「そんなことはない。エプロン借りるぞ」

「どうぞ」

差し出されたネイビーのエプロンを身に纏う。鵜飼はダークレッドだ。

「ヨシオ　タケウチ」での勤めを終えたあと、鵜飼の部屋に来た。

かいがいしくジャケットを脱がせてくれた鵜飼はハンガーを寝室に掛けに行ってから、二枚のエプロンを手に戻ってきた。

アイランドキッチンに並んで立ち、野菜を手に取る。広いキッチンカウンターに二枚のまな板を並べ、下ごしらえを始める。

鵜飼の手つきは慣れたものだ。

ジャガイモの皮をピーラーで剝くかたわらで、紫藤はタマネギを切るのに苦戦していた。皮を剝くのは簡単だが、新鮮なタマネギなのか。切っていると鼻の奥がつんと痛む。

「はい、ティッシュ」

「うう……」

ボックスから二枚引き抜いて鼻をかみ、ダストボックスに放り込む。鵜飼は可笑しそうに肩を揺らしている。

「慣れてるんだな。よく作るのか」

「それなりに。仕事柄、外食が多いですからね。早く帰れた日や休日は料理三昧《ざんまい》ですよ。と言っても、レシピ本や動画頼りですけど。そういう紫藤さんは？」

「俺も外食ばかりだ。朝食は作るけど、簡単なものだけだな。毎朝送ってる写真でわかるだろ。夕食は外で食べて帰ることがほとんどだ」

「私を呼んでくだされればすぐにお好みの料理を作るのに」

「家政婦か、おまえは」

「紫藤さん相手ならなんでもしますよ。私は貴方だけのＤｏｍなんですから」

以前は、『私だけのＳｕｂですから』と堂々と言っていた鵜飼だが、今日は少しニュアンスが異なる。

一日一緒に働いたせいだろうか。

リアル店舗で、リアルな客に接したせいだろうか。

――こいつも俺のことを少しは好きなんだろうか。以前、ひと目惚れしたみたいなことは言ってたけど。

いつもより柔和な表情の男の横でタマネギを切り終え、具材を鍋で炒めるのを見守った。水を注ぎ、ことこと煮えるまでの間、缶ビールで乾杯することにした。

「なにはともあれお疲れ様」

「いろいろと学ばせていただきました。それと、弊社への出店決定もありがとうございます」

「いいタイミングだったと思う。うちとしても販路を広げたかったからな」

「『ジョーディア』取扱い開始にあたっては大々的にCMを打ちますよ。割引クーポンも出しますし、特設ページも作ります」

「ありがとう。いろいろと手を尽くしてくれて」

礼を述べると、缶ビールを呷っていた鵜飼が目を細める。

「貴方が素直だと調子が狂います。私としては食事後にいやらしいコマンドを出そうと画策しているのに」

「……そういう計画は胸にしまっておけ」

「無理です」

鵜飼は機嫌よさそうにルウを鍋に割り入れ、お玉でかき混ぜる。

数分煮込めばできあがりだ。

深皿にシチューを盛りつけ、鵜飼が気に入って買い置きしているという丸パンをトースターで温めた。トマトとフリルレタス、キュウリのサラダもつければ完璧だ。

テーブルに皿を運び、向かい合わせに腰掛ける。ビールから冷えた白ワインに切り替え、グラスを軽く触れ合わせた。

「いただきます。……ん、美味い」

「紫藤さんと一緒に食べられるなんて嬉しいです」

それは嘘ではなく、鵜飼は素直に喜んでいるようだ。

今日一日の出来事を振り返りながら会話は弾み、ワインのボトルが一本空く頃にはいい感じに酔っていた。

トイレを借りる際、足元がふらついていたのを見たのだろう。ミネラルウォーターのペットボトルを用意して待っていた鵜飼が苦笑しながら、「今夜、泊まっていきませんか」と言う。

「ここに……？」

「ええ。ベッドはワイドダブルなので、大人ふたりでも楽に寝られますよ」

「でも、おまえが手を出してきそうで」

「今夜はおとなしく寝ます」

「どうして」

思わず聞き返してしまった。

つねならば、あらゆるコマンドを出して屈服させてくる男なのに。

「今日はいい体験をさせてもらいましたから。貴方の隣で眠れるだけでも嬉しいです」

「ふぅん……なら、泊まる」

鵜飼が顔をほころばせた。

「お風呂の用意をしてきますね。貴方は酔いを醒ましていてください」

「わかった」

鵜飼がバスルームに行っている間、冷えた水を少しずつ飲む。

モノトーンの部屋をぐるりと見渡す。

整った部屋は生活感があまりない。

ここで鵜飼はひとり眠り、目覚め、過ごすのだ。

彼の出自を思うとやはり胸にこみ上げるものがある。

反発から同情、そこからさらに想いが変化していることを認めたくないが、肌を許し、ともに過ごすうちに鵜飼への感情は色が変わった。

はじめは疑いの強いブラックに近いグレイだったが、少しずつ彼を知っていくうちにその色は明るくなり、いまはたとえれば綺麗なコバルトブルーだ。

明け方の一瞬にしか見られない空の色。暗い夜から光が射すほうへ向かう群青色。

それは紫藤の好きな色だ。今日のネクタイもコバルトブルーだ。いつの間にか鵜飼を無意識に想って、ネクタイを選んでいたのだろうかと考えると気恥ずかしい。

そんなことを思い浮かべていると、ワイシャツの袖をまくり上げた鵜飼が、「お風呂、どうぞ」と言う。

「よかったら一緒に入りませんか」

「……そういうこと言って、また触ってくるんだろ」

「貴方に隙があれば」

いたずらっぽく笑う鵜飼が可愛く見える。いまの彼はちゃんと年下の男だ。自宅だから、リラックスしているのだろう。

気持ちよく酔っていることだし、彼の言葉に乗っかってしまうことにして、紫藤はふらりと立ち上がる。

「背中、流してくれ」

「仰《おお》せのままに。水も持っていきましょう」

広いサニタリールームでもたもたと服を脱ぎ、先に紫藤が中へ入った。鵜飼も追ってきて、椅子に腰掛けた紫藤の背後に跪く。

ぬるめの湯が背中に掛けられる。ここち好さにうっとりしていると、泡立てたスポンジが肌をすべる。

「ふふ、くすぐったい」

「丁寧にしてるんですよ」

言葉どおり鵜飼の手つきはやさしい。硬い背骨のひとつひとつを確かめるような手つきに鼻歌のひとつでも歌いたくなる。

「ご機嫌ですね、紫藤さん」

「まあな……おい、こら」

思わず咎めたのは、彼の手がするりと前に回ったからだ。

「……こら、鵜飼！」

「隙がありすぎです」

胸をまさぐられて声が掠れる。そこがすっかり弱くなったことを見抜いている鵜飼はスポンジでくるくると撫で回し、しまいには直接手のひらで探ってきた。

「や……め……あぁ……っ……」

乳首を捏ねられるとどうしても喘いでしまう。

「洗う、だけ……だろ！　手を出さないって、言った……くせに」
「おとなしくしていて《ステイ》」
突然コマンドを出されて思考が止まる。抗おうとしていたのに、コマンドで封じられて
それも叶わない。
好きな男のコマンドだ。
従いたくなってしまうのはＳｕｂだからというだけじゃない。
胸の尖りを括《くび》り出すように根元をこりこり弄られる。
ときおり、きゅっと強めにつままれて「ん……！」と声が上がった。バスルームに反響
する自分の声を恥ずかしく思うのに、快感は止まらない。
「あ……っ……あぁ……いい……」
ずるく動く指に、弱々しくもがいた。
ボディソープの泡でぬるぬるとうごめき、胸筋をいやらしく揉み込んでくる。
鵜飼の指の淫らさと言ったら、コマンドが行き届いた身体に染み渡るほどだ。
おとなしくしていて、と命じられただけに抵抗できない。それどころか、乳首の先を揉
み潰すようにきゅっきゅっとひねられて、身体の芯が熱く疼く。
芯の通った乳首をもっとねじってほしい。いっそ、噛んでほしい。
あふれ出る欲情に呑み込まれ、のぼせそうだ。

息を切らして手を振り払おうとしたが、身体に力が入らない。熱い息を吐き出し、なんとか振り向くとくちびるが重なった。

ぬるりともぐり込んでくる熱い舌に搦め捕られ、頭の芯がぼうっとなる。根元をくちゅくちゅと舌先でくすぐられ、吸い上げられるともうお手上げだ。

とろりと唾液を交わし、こくりと喉を鳴らして呑み込む。それだけでもう、鵜飼のことで頭がいっぱいだ。

ふらつく腰を摑まれて立ち上がらされ、壁に押しつけられる。そっと視線をずらすと、そそり勃つ鵜飼のものが視界に映る。

臍につくほどに反り返った男根は逞《たくま》しく漲っている。

ずりゅっと互いの肉竿が擦れ合い、凄まじい快感を引き起こす。

眼鏡を外した鵜飼が目を細め、身体を密着させてきた。

「こうしてみましょうか」

「ア――……ッ……！」

「……く、……いい、な」

互いの裏筋が触れ合ってびくびくと脈打つ。

鵜飼が二本の雄をまとめて握り、擦り上げていく。漲った肉芯がぶつかるだけでも刺激的なのに、敏感な縁を触れ合わせる行為は紫藤を夢中にさせる。

鵜飼の指先が亀頭の割れ目をくすぐり、愛蜜を滴らせる。紫藤も呻いて、ぎこちない手つきで同じことをした。彼ほどはうまくないだろうけれど。

ぐしゅぐしゅと互いのそこを握り締め、息を乱した。

裸になった彼の腕の内側にはみっつのほくろ。

気持ちいいと悶えながらも、ほくろが気になる。

だが、いまは達することしか考えられない。

鵜飼が陰嚢を揉み込んできたことで一気に射精感が募る。蜜がたっぷり詰まったそこをやわやわと揉まれ、掠れた声がほとばしった。

「ああ……っだめだ、……イく、イっちゃ……！」

「私も」

鍛えた胸を押しつけてくる鵜飼がくちびるを吸いながら、下肢を一層淫らに扱き上げてきた。

「いい、イく、イく……っ」

「……ッ」

どくりと身体の最奥から甘蜜が飛び出し、鵜飼の手を汚す。少し遅れて鵜飼のものもどっと放たれ、紫藤の肌に飛び散った。

「っは……ぁ……っは……ぁ……っばか……のぼせる、だろ……」

「無防備な貴方を見ていたら我慢できなくて」

「コマンドも出すなんて……卑怯だぞ」

「ひとつだけでしたよ。あとは互いに感じるままに」

バスタブの栓を抜き、熱いシャワーを浴びて急いで頭も洗い、外に出た。まだ手の中に鵜飼の感触が残っている。

硬くて、熱くて、太くて、淫らな感触だった。

いつかこれで貫かれるのだろうか。

そのときのことを想像するとぶるりと身体が震える。未知の快楽と、少しの恐れを感じて。同性に抱かれたことは一度もない。これまでの性体験はすべて女性相手だ。

しかし、鵜飼に出会ってすべてが変わった。ぴんと張りつめた肌が擦れるのが気持ちよくて、硬い骨同士がぶつかるのが誇らしい。

自分がＤｏｍで、鵜飼がＳｕｂだったら、彼を屈服させられていただろうか。

できない、気がする。

鵜飼の冷徹な目で見据えられると、身体の芯が炙られるような夢見心地になる。グレアを浴びれば一発だ。その瞬間から彼に屈し、額《ぬか》ずきたくなる。

バスタオルで肌を拭う鵜飼を横目で見る。

あのみっつのほくろ。

自分も同じところにあるほくろ。

どうしてもこの謎を解きたい。

「……なあ」

自然と声が出ていた。

「なんですか」

鵜飼が差し出してくる色違いのパジャマを受け取り、身に着ける。洗い立てらしく、清潔な香りがした。

「今度は俺の頼みも聞いてくれないか」

「どんなことですか。デートでも？　映画でも観ましょうか」

「それもまあいいが……連れていきたいところがある」

「どこですか」

「内緒」

「ずるいな」

くすりと笑う鵜飼が濡れた髪をタオルで拭う。眼鏡をかけていない彼の素顔はいつになくやわらかだ。

「とりあえず、今夜は寝ましょうか。そのお楽しみが明かされるのはいつですか」

「近いうちにセッティングして連絡する」

連れだって薄暗い寝室に入り、ワイドダブルのベッドに横になる。

彼の言ったとおり、大人の男ふたりが寝ても余裕がありそうだ。軽めの羽毛布団が二枚、ふんわりと掛かっていた。枕もふたつ。

ゆったりした寝室の真ん中にベッドは設えられていた。

そばには淡い光を投げかけるスタンドライトが置かれていた。その光量を最小限に絞り、

「さあ、どうぞ」と鵜飼が布団をめくる。

「ここに誰か泊めることはあるのか?」

「いえ、誰も。もともと枕は数個使うほうなんですよ。布団はこの間クリーニングから上がってきたばかりです」

「……今度は手を出すなよ」

「さっきのイキ顔で満足しました」

まったく懲《こ》りない男に嘆息して、瞼を閉じる。

いろいろと考えたいことはあったが、一日の疲れも手伝って、紫藤はことんと眠りに落ちた。

8

販売戦略部長の伊藤がゴーサインを出したことで、「ジョーディア」は「ピークタウン」への参入を決定した。にわかに社内は慌ただしくなり、各ブランドのデザイナーを招集し、緊急ミーティングも開かれた。

どのブランドも、自慢の商品を出したい――その一心だ。

もちろん、「ヨシオ　タケウチ」のデザイナーの武内も。

「これを機に、セカンドラインを立てませんか。本来の『ヨシオ　タケウチ』よりもリーズナブルで若いひとにも手を出しやすいスーツを手がけてみたいと思っていたんです」

「いいのか？　セカンドラインを立てるのは構わないが、素材にあまりいいものが使えなくなるぞ」

会議室で紫藤が組んだ両手に顎を乗せると、一番近くに座っていた武内が自信ありげな表情で頷く。

「そのへんは考慮してあります。低価格でサステナブルな素材を使ってでもうちらしいラインは出せますから。私にとっても新たな挑戦です。それに、セカンドラインから入ったお客様が、いつか『ヨシオ　タケウチ』メインラインにも憧れを抱いてくだされば本望です」

「武内さんがそう言うなら……やってみますか」

「ぜひ」

意気込む武内を筆頭に、デザイナー全員が力強く頷く。リアル店舗がどんどん減っているいま、新たな主戦場はインターネットだ。そこでどれだけ自社ブランドを打ち出せるか、おのおのの肩にかかっている。もちろん、紫藤の肩にも。

社員の士気を上げたところでミーティングは終わり、自室に戻った。秘書の野口が出迎えてくれる。

「社長、十一月頭の土曜日の件ですが、ご希望どおりのレストランを押さえました。自由《じゆう》が丘《おか》のフレンチレストランで個室です」

「ああ、ありがとう」

野口が「詳細はタブレットにお送りしておきました」と言う。

「――それから、例の調査書も上がってきました。そちらもタブレットにお送りしてあります」

「手間をかけさせてすまないな。助かった」

早速チェックすることにした。仕事の大半はデスクトップパソコンで行うのだが、持ち歩き用にタブレットも使っている。

以前、鵜飼と銀座のレストランで食事したことを懐かしく思い出す。あれからそう日は経っていないが、鵜飼とは格段に距離が縮まった。

おまけに、彼が好きだと自覚した。

告白するかしないかと考えると、したいと思う。

潔く、「おまえが好きなんだ」と打ち明けたい。

鵜飼がどう答えるかは摑めないけれど、こころの縁にまでせり上がってくる想いを黙らせることは不可能だ。

野口が手配してくれたレストランは隠れ家的な存在で、知る人ぞ知る店だ。ひと晩に三組の客しか取らず、紹介制だ。紫藤は昨年、つき合いのある繊維会社の社長にこの店を教えてもらい、以来、大事な相手を誘う際に使っていた。

十一月初めの土曜の夜七時。鵜飼をここに誘おうと思っている。

もうひとり、ある人物も。

セッティングはこれからだが、双方断ることはないだろうと踏んでいる。

まずは鵜飼にメッセージを送ってみた。

来月頭の土曜に一緒に食事をしないかという誘いに、鵜飼はすぐさま了承の返事を送ってきた。

『土曜の晩、ご一緒できることを楽しみにしています』

その一文に微笑み、もうひとりには電話をかけた。直接話したほうが早いと思ったからだ。

『ああ、大丈夫だ。行くよ』

渋い声に快諾されてほっとし、紫藤は調査書に目を通し始める。

そこには、真実が記してあった。


約束した日は、ダークネイビーのスーツに華やかなピンクのネクタイを合わせ、「ヨシオタケウチ」今季の新作であるトレンチコートを羽織ることにした。

十一月最初の土曜は思ったより冷え込んだ。朝から晴れた日ではあったが風が冷たく、ライナー付きのトレンチコートが早速役立ちそうだ。

昼は家で久しぶりにのんびりと過ごすことにした。

事がうまく運ぶよう祈るばかりだが、なんとかなるだろうとは思っている。

洗濯機が仕上がりの音を響かせたので、ごっそり取り出し、浴室乾燥機にあてるために一枚一枚ハンガーにかけていった。それから部屋中を掃除し、キッチンをぴかぴかに磨き上げる。ついでにバスルームも。

すべて終えたらひと汗かいたのでシャワーを浴び、ルームウェアに着替えてクローゼットをのぞく。今日のコーディネイトはもうできあがっているので、あとは着るだけだ。

昼食はデリバリーにした。ちょっとお高めのハンバーガーとポテト、ドリンクのセットを配達員から受け取り、サブスクリプションで映画を観ながら食べることにする。

しっとりした家族愛を描いた作品は地味ではあるものの、よく練られた脚本と実力のあるキャストが配置され、見応えがあった。

両親の離婚により、仲のよかった兄弟が父、母それぞれに引き取られ、離れて暮らすという設定だ。兄弟は手紙を頻繁にやり取りし、週末には電話で声を聞くのを楽しみにしている。まだ親の庇護下にあるから自由に会えないけれど、高校を卒業したら会いに行くよと兄が約束し、弟はいたく喜ぶ。再会までにさまざまな困難がふたりを襲うのだが、長距離バスに乗って会いにやってきた兄に弟が抱きつくラストシーンでは思わずじんと来た。

そこでやっぱり、思い出すのは鵜飼と自分を結ぶみっつのほくろだ。

同じ場所にある縦に並んだ印はけっして偶然じゃない。

それを証明すべく、テレビを消して紫藤は立ち上がった。

駅前に立つ人物をみとめて柴藤は手を上げた。

自由が丘駅の南口改札で待ち合わせたのだ。レストランは少しわかりにくい場所にあるので、駅で合流して一緒に行ったほうがいい。

「寒いな、今日は」

「もう冬ですね。紫藤さんのそのコート、よく似合ってますよ。『ヨシオ　タケウチ』の新作でしょう」

「さすが、目が利くな」

「『ピークタウン』でも扱わせていただく商品ですから。新作カタログにはすべて目を通しています」

そういう鵜飼はネイビーのすっきりしたラインのハーフコートを羽織っている。長身の男をさらに魅力的に見せる一枚だ。これも、『ヨシオ　タケウチ』の最新作だ。

歩調を合わせて歩き出す。線路沿いの遊歩道を進み、洒落たレストランやセレクトショップをちらちら見ながらくねった横道に入り、突き当たりにあるビルの三階へと上がった。看板は出ておらず、店名を記した金属プレートが壁に貼られているだけというシンプルさだ。

木製の扉を押し開ければ、「いらっしゃいませ」と黒服のウエイターが笑顔で出迎えてくれる。

「お待ちしておりました、紫藤様。お席にご案内いたします」

案内されたのは店の一番奥だ。個室の扉を開けると、素っ気ない玄関とは打って変わってシックな内装だ。四人掛けのテーブルには真っ白なクロスが掛けられ、よく磨かれたカトラリーが三人分セッティングしてある。

鵜飼がちらっと視線を走らせた。

「もうひとりいらっしゃるんですか」

勘のいい男だ。

「そうだ」とだけ答え、鵜飼と隣り合わせに座る。

連れの客が来る前に炭酸水をオーダーし、鵜飼とふたりで乾杯した。

「忙しいのに悪いな、時間を割かせて」

「とんでもない、紫藤さんのお誘いを蹴るわけがないじゃないですか。……で、もうひとりはどんな方なんですか」

「来ればわかるさ」

今夜はコース料理をオーダーしている。なにを食べても美味しい店だから、きっと鵜飼も気に入るだろう。

事が、穏便にすめばのことだが。

「うちの特設ページは進んでいるか」

「ええ、ドレッシーな印象に仕上げています。モデルを使った着画もかなりの枚数を用意しているので、モニター越しのお客様にもご納得いただけるかと。やはり服はひとが着てみて初めてそのよさがわかりますから」

「同感だ。マネキンに着せた服もいいが、実際にショップの店員が着ていると反応が違う。『店員さんと同じものが欲しいんですが』という声はよく現場から上がってくるよ」

「ですよね。クリスマスコーデにも力を入れてますよ。あとでご覧になりますか」

「いま見られるか？」

「もちろん」

鵜飼が脇に置いた鞄からタブレットPCを取り出す。画面を操作し、華やかなコーディネイトの男性モデルの写真を見せてくれる。

クリスマスという特別なイベントにふさわしく、品のあるネイビースーツにシャンパンゴールドのネクタイがしっくりはまっている。胸元には深紅のチーフが飾られていた。手には大輪の薔薇の花束。

「いまどき珍しいぐらいゴージャスだな」

「やっぱりクリスマスは特別ですから。男性にとっても、女性にとっても。Ｄｏｍにとっても、Ｓｕｂにとっても。今年の私は貴方に百本の薔薇を贈るつもりです」

情熱的な言葉に苦笑していると、個室の扉がキイッと開いた。

壮年の男性がにこやかな表情で入ってくる。全身から醸すオーラが常人とは違う。これぞＤｏｍ中のＤｏｍといったところだ。

すかさず紫藤が立ち上がると、隣の鵜飼もそれにならう。

「謙、元気そうだな」

「お父さんこそ。鵜飼、紹介しよう。俺の父、賢一郎だ」

「は、――初めてお目にかかります、鵜飼之孝と申します」

「……鵜飼、之孝……」

賢一郎は目を細める。

「そうか、きみがいま話題の『ピークタウン』のトップか。その手腕は私も耳にしているよ。我が社も近々御社に参入するのだと謙から聞いている」

「……僭越《せんえつ》ながら歴史ある『ジョーディア』をもっと多くのひとびとに知っていただくため、お手伝いできましたら光栄です」

声は真面目そのもの、鵜飼にしては緊張しているようだ。

まさか、いきなり紫藤の父に会えるとは思っていなかったのだろう。丁寧に挨拶し、次々に運ばれてくる料理にも品よく手をつける。

食事中は主に『ピークタウン』の話題に終始した。賢一郎が『ピークタウン』設立について訊ね、鵜飼が丁寧に答える。それをじっと見守っていた紫藤は、――やっぱり似ている、と感じていた。

父、賢一郎と鵜飼の口元はそっくりだ。鵜飼がもっと年を重ねたら、父のような渋みを帯びた大人の男性になるだろう。

「さすがは『ピークタウン』だな。うちは歴史があるものの、売り上げは年々右肩下がりだ。常連の顧客はもちろんいるが、新規客も開拓していきたい。『ピークタウン』がいいスプリングになると嬉しい」

「ご期待に添えるよう尽力いたします」

かしこまった顔で鵜飼が頷く。

すでにデザートの時間だった。三人分の紅茶が運ばれ、場は和やかだ。

この機会を逃す手はない。

腹を決めた紫藤は身を乗り出す。

「お父さん、聞きたいことが。紫藤家の男子にはかならず腕の内側にみっつのほくろがあるんですよね」

「ああ、そうだ」

「見せてもらえますか？」

「ここでか？　構わないが」

賢一郎が鷹揚にジャケットを脱ぎ、シャツの袖をまくり上げる。

そこには、縦に並ぶみっつのほくろ。

鵜飼は唖然《あぜん》としている。

「鵜飼にも同じものがあるよな。……俺にも」

驚く鵜飼の腕をやにわに摑み、シャツの袖をまくった。そして、自分も。

三人の男の腕の内側に、まったくそっくりのほくろが並んでいた。

「鵜飼、これをどう思う？」

「どう、って……」

鵜飼が目を泳がせる。かなり動揺しているようだ。

「偶然、では」

「そんなわけないだろう。——お父さん、僕が肌で感じたことです。鵜飼は……お父さんの子じゃありませんか」

「謙」

「はっきり言えば、僕の弟じゃありませんか。いえ、腹違いの弟と言ったほうが正しいでしょうか」

「紫藤、さん」

目を瞠る鵜飼が、「そんな馬鹿な」と声を掠れさせる。

「馬鹿な話じゃない。信頼できる興信所におまえの生い立ちを調べてもらったんだ。乳幼児の頃に施設に預けられたおまえの母親の名前は、鵜飼聡美《さとみ》さん。かなり病弱なひとだったようでおまえを産んだのと同時に命を落とした」

「……聡美……」

賢一郎も茫然としている。その名にこころ当たりがあるのだろう。

「お父さん、鵜飼聡美さんとはどういった関係でしたか」

顔色を失った賢一郎は立ち上がりかけたものの、よろめき、力なく椅子に腰を下ろす。

「聡美は……私が好きになったひとだ」

「ほんとうに？」

「ああ。……結婚前から関係があった。母さんも知っていたひとだ。結婚を機に一時は離れたが、『ジョーディア』の経営が難しかったときによく支えてくれた。だが、あるとき姿を消してしまった。私もずいぶん手を尽くして捜したが、見つからなかったんだよ。まさか、きみを産んでいたなんて……」

額に手をやる賢一郎が鵜飼をじっと見つめる。

「ＤＮＡ鑑定なんかしなくてもわかる。きみは私と聡美の子だ。顔を見たときから懐かしい感覚を覚えていた。そのほくろが私の子だと証明してくれる」

「ですが……私は母の顔すら知らなくて」

鵜飼の声はか細い。

「身体は弱かったが、こころは誰よりも強いひとだった。私はすでに家庭を築いていたから、聡美はきみを宿したことで姿を消したんだろうな。……すまない。どんなに苦労をかけたか。いまからでも、私にできることがあったらなんでも言ってくれ」

放心していた鵜飼だが、じわじわと顔を引き締める。そして一度、しっかりと紫藤と視線を絡めてきた。

「ほんとうのことだ」

視線の真意を汲むように頷く。

「では、――『ジョーディア』を私にください」

「鵜飼」

「鵜飼、くん」

そのときほど鵜飼が不敵に見えたことはなかった。

なんのうしろ盾もなかった男が孤独に苛まれながら血の滲むような努力を重ね、ここまで昇り詰めてきた。

鵜飼にとっての切り札は、Ｄｏｍという圧倒的な存在感だけだったのだろう。それを巧みに、ときには強硬に駆使してのし上がってきた。

そんな男に、自分は暴かれ、惹かれたのだ。

「というのは、冗談です」

ふっと表情を和らげ、鵜飼が微笑む。どこか清々《すがすが》しくさえ見えた。

「紫藤さん、長年の私の謎を明かしてくださってありがとうございます。おかげですっきりしました。母の名前を知ることができただけでもよかった……聡美、という名前だったんですね」

「ああ。お母さんは長野のお寺で弔《とむら》われたそうだ。興信所の報告書をすべておまえに渡すよ」

「長野に……そうなんですね。落ち着いたら手を合わせに参ります。——賢一郎さん、貴方の血を引いていることを私は誇りに思います。貴方の血を分けていただいたからこそ、私は『ピークタウン』を創業する強さを持てた。……そして、謙さんとも知り合えた。めぐり合わせに感謝しています」

「私のことを恨んでいないのか」

「恨むには大人になりすぎました」

そう言って破顔する鵜飼は本物の大人の男だ。

紫藤よりも年下で、腹違いの弟ではあるが、頼もしい。

「私が全精力を傾けて、『ジョーディア』をもっと大きくさせます。『ピークタウン』での展開を楽しみにしていてください」

「わかった。楽しみにしているよ」

賢一郎が立ち上がるのに釣られて鵜飼も席を立つ。

みっつのほくろを持つふたりの男は、紫藤の前で固い握手を交わした。

9

「上がってくれ、飲み直そう」

「お邪魔します」

鵜飼が律儀に頭を下げ、靴を脱ぐ。

また連絡をすると言って父と別れたあと、紫藤は鵜飼を自分の部屋に連れ帰ってきた。ホテルに泊まってもよかったのだが、自宅のほうが落ち着いて話せるだろうと考えたのだ。

「こんな部屋に住んでいるんですね」

廊下からリビングへと案内すると、あとをついてきた鵜飼は興味深そうにあたりを見回す。モノクロで統一された彼の部屋とはまったく違い、オフホワイトと目にやさしいグリーンで調和させたインテリアだ。

L字型のソファに彼を座らせ、ジャケットを預かる。

「なにを飲む？　ビール、白ワイン、それかウーロン茶」

「じゃあ、ウーロン茶を」

「飲まなくていいのか」

「大事な話があるので」

「……じゃ、俺もウーロン茶にするか」

ペットボトルからグラスに冷えたウーロン茶を注ぎ、彼に手渡す。喉を反らして美味しそうに飲み干す鵜飼は深く息を吐き、ソファに深く背を預けた。

「貴方が私のお兄さん……まだ実感が湧かないな。私もだいぶ興信所に自分の過去を探らせたのですが、紫藤さんのほうが上手でしたね」

「老舗の興信所なんだ。一見お断りで紹介でしか話は聞いてもらえない。俺も父から紹介してもらった。今回は時間がかかった」

「そうなんですか……。で、私は貴方をどう呼べばいいですか。謙さん？　お兄さん？」

「いまさらだろう……謙でいい」

「それでも一歩前進ですね。やっと名前が呼べる。謙さん」

頬に甘くくちづけてきた鵜飼はどことなく楽しげだ。

「腹違いとはいえ兄弟なのに、いろんなことをしてしまいましたね、私たち。この関係のことをいつか賢一郎さんに打ち明けるつもりですか」

「そうだな……いつかは。俺がじつはＳｕｂだということも話したいし。それより、大事な話ってなんだ」

途端に真剣な顔をする鵜飼がソファから下り、跪く。そして紫藤の手を摑んできた。

「許されない関係だとしても、私は貴方を愛しています。謙さん。貴方を好きになったのは、血の繋がりがあったからなんでしょうか。たとえそうでなくても、私は謙さんの芯の強さに惚れ込んでいたと思いますが——運命のめぐり合わせですよね」

「鵜飼……」

「貴方は私の名前を呼んでくださらないのですか」

「……ゆき、たか」

「はい」

嬉しそうに目縁を解けさせる鵜飼が紫藤の手の甲にやさしくくちづける。

「愛しています。もうとっくにご存じだったでしょうが、はっきりさせておきたくて。謙さんは私のことをどう思っていますか。偶然出会ったＤｏｍ？　腹違いの弟？　それとも——」

「好き、だ……、おまえが」

つっかえつっかえだが、なんとか言えた。

「たぶん、最初から意識してた……俺をＳｕｂだと暴いたときから、おまえには振り回されっぱなしだ」

「ほんとうに？　冗談じゃなくて？」

「こんなことで冗談言ってどうするんだ。事実だ」

じわりと耳たぶが熱くなってくる。紫藤の手を摑んだままの鵜飼はひたむきな視線を向けてきて、床に膝をついている。ＤｏｍとＳｕｂ、まるで立場が逆だ。

「では、今夜こそ貴方をほんとうの意味で抱いてもいいですか」

「……ああ、覚悟はできてる」

「喧嘩《けんか》じゃないんですから」

嬉しそうな鵜飼の笑顔はとても自然で、胸に染み入る。

孤独な夜がいくつあったことだろう。

他人のお下がりばかりを着て屈辱で眠れなかった日だってあったに違いない。

けれど、鵜飼は持ちうる力をすべて使って今日まで生きてきた。

きっと、運命のＳｕｂである自分に出会うために。

紫藤も同じ想いだ。Ｄｏｍだと信じて疑わなかった日々に、鵜飼が突然現れた。そればかりか、紫藤のダイナミクスがＳｕｂだと明かしてみせた。

こうして手を摑まれているだけでも、そわそわしてくる。

本能で彼を欲しがっているのだろう。ここまで来て、彼を拒むつもりはない。

「でも……なんの準備もしてないんだ。その、男同士のセックスにはいろいろ必要だろう?」

「私を誰だと思ってるんですか。今日こそは絶対に貴方を抱くと決めていましたから、必要なものは鞄にすべて入ってますよ」

ほら、と鞄からパッケージを鵜飼が取り出す。どうやらローションのようだ。にわかに性行為がリアルに想像できて、顔がかっと熱くなる。

「ゴムも買ってきました。でも、希望を言えば生で貴方を感じたいかな」

「さらっと言うな、さらっと」

羞恥心に苛まれて彼の手を振り払い、立ち上がる。

耳を熱くしたまま、紫藤は呟いた。

「シャワー、浴びてくる……」

もう頭がのぼせそうだ。

「ごゆっくり」

背後でくすりと鵜飼が笑った。


鵜飼がシャワーを浴びている間、紫藤はパジャマ姿でじっと待っていた。ベッドの縁に座り、上質のコットンでできたパジャマの襟をなんとはなしに弄る。鵜飼にも、洗い立てのパジャマと新品の下着を用意した。

遠くから聞こえていた水音が止まる。それからドライヤーを使う音。

しばらくしてから、鵜飼がベッドルームに姿を現した。紫藤と色違いのスカイブルーのパジャマだ。

「お待たせしました。退屈しませんでしたか？」

「……まったく落ち着かなかった。おまえはよく平然としてられるな」

「とんでもない。これから貴方を抱けるかと思うと口から心臓が飛び出そうですよ」

「水、飲むか」

ベッドヘッドに置いていたボトルを手渡す。それを美味しそうに飲む彼をじっと見守った。男らしい喉仏が二度三度、上下に動く。

不意に鵜飼は振り向くと、紫藤の肩を摑んでくちづけてきた。

「ん……ッ……ん、ん」

冷たい水を口移しされて、思わず喘ぐ。いつもより甘く感じられる水が喉をすべり落ちていく。

「……っは……いき、なりだろ……」

「緊張を解こうと思って」

楽しそうな鵜飼は水を飲み切り、空になったボトルをベッドヘッドに戻すと、あらためて肩を摑んできた。

「いいですね？」

「……うん」

素直に頷く。

頤《おとがい》を摑まれ、ちゅ、ちゅ、と軽めのキスを交わす。熱くしっとりしたくちびるを受け止めるだけで、もう夢見ごこちだ。

うっとりしながら彼に身体を預けると、そのままのしかかられる。

「――は……」

シャワーを浴びたばかりだが素肌がじんわり熱い。

鵜飼の指が辿っていく場所すべてが導火線のようだ。深く舌を搦め捕られながら息を切らし、首筋を這っていく指にぞくぞくする。

たっぷりと舌を吸い上げた鵜飼が首筋に軽く歯を立てながら、胸へと顔をずらしていく。

パジャマの前を開かれた。

そこには期待を孕《はら》んだ尖りが早くもぷっくりとふくらんでいた。

「私の愛撫を待ちかねているみたいだ」

ちいさく笑う鵜飼が、乳首をひと差し指でこりこりと転がす。

「ん――……っぅ、ん、……は……ぁ……っ」

やわらかく捏ねられて身体の芯がむずむずしてきた。

つまれるたびに乳首がツキツキして快感がじわりと広がる。ベッドヘッドの灯りを消してくれと頼んだが、「じっとしていて《ステイ》」とコマンドを出されてしまう。

その声を聞くと恥ずかしくても屈したくなる。うっすらと汗を浮かべながら鵜飼の出方を待っていると、指でつまんだ乳首を口に含み、ちゅくちゅくと舐り転がす。

「あ……っ」

甘噛みに声が出た。思わず口をふさごうとしたのだが、鵜飼に止められる。

「私を見てください《ルック》」

こわごわと視線を向ければ、真っ赤にふくらんだ乳首を大きな舌で舐めしゃぶる鵜飼と目が合った。ちゅくりと音を立てて吸われ、ときおりツキンとするほどに噛まれる。

その強弱のつけ方が巧みで、すごくいい。

舌先でつんつん尖りをつつかれ、べろりと舐め上げられる。まるで犬みたいだ。

生意気に尖った乳首を執拗《しつよう》に食む男の髪をまさぐり、「もっと……」と掠れた声でねだる。

「もっと……強く、噛んで、ほしい……」

「ふふ、貴方のおねだりならどんなことでも」

言うなり乳首を噛みまくってくる鵜飼に、身体が跳ねた。痛みの狭間に強烈な快楽が潜んでいる。

「あっ、ん、ん、んー……っ」

「乳首を噛まれて感じるなんて、淫らな身体ですね」

「そ、んな……っう、ん……っ……あ、あ、もっと、噛んで、舐めてくれ……っ」

散々噛まれた乳首をそうっとやさしく舐め上げられて、背筋がぞくりとする。

飴と鞭の使い分けがうまい男に翻弄され、ズボンも下着ごと引き下ろされる。

びくんと跳ね出る性器をしっかりと握り締めた鵜飼が、もう一度「見て《ルック》」と言う。

のぼせた頭で視線を絡めれば、肉茎をことさら淫猥に舐め上げる鵜飼が見えた。

下から上へ。快感でふくらんだ裏筋を舌先で丁寧に辿り、くびれをぐるりとなぞる。敏感な場所への愛撫に、奥歯を噛み締めた。

ちろちろと這う舌先は亀頭の割れ目をくすぐり、敏感な粘膜を啜り上げる。もうずっと射精したくてたまらない。

根元から亀頭にかけて扱かれながらぬぽぬぽと口淫されると我慢できず、何度も口を開いたり閉じたりした。

「イって《カム》ください」

そのひと言が引き金になった。蜜の詰まった陰嚢まで指で転がされ耐えられず、どっと吐精した。

びゅくりと跳ね飛ぶ精液は鵜飼の手を汚していく。

満足そうに笑った彼は指と指の間に垂れた精液をちらっとのぞかせた舌で舐め取り、「濃いですね」と笑う。

「言う、な……」

「どうして？　嬉しいんですよ。私のために身体を熱くして」

濡れた肉竿を綺麗に舐め取る鵜飼の愛情深い仕草に、胸がじんとなる。Ｄｏｍなのだから、奉仕してもらって当然と思っているんじゃないかと考えたのだが、鵜飼は違うらしい。

達したばかりでまだ硬度を保っているそこをやわやわと握りながら、指を尻の狭間にすべらせていく。

男を知らないそこは窮屈だ。

「リラックスして」

これはコマンドじゃない。彼の本心からの言葉だろう。

「膝を抱えて広げて、――見せてください《プレゼント》」

「つん……」

羞恥に悶えながら、汗ですべる手で膝裏を摑み、そろそろと開いていく。

両足の間に鵜飼が身体を割り込ませ、じっくりと視姦してくる。誰にも見せたことのない秘所を晒し、心臓が炙られるように熱い。

「……之孝……っ」

つうっと内腿を汗が伝い落ちていく。そのざわめきすら快感だ。

指先が窄まりの縁をめくれさせる。次いで、ぬるりと熱い舌が当たった。

「ッぁ……！　ばか、そんなとこ、……舐める、な……っ」

「おとなしくしていて《ステイ》」

「ん、んっ」

ひたりと当たる舌がぬくぬくと動き出し、狭い孔を広げ始めた。

たっぷりと唾液を纏った舌が這い回り、指でこじ開けた孔の中へと挿っていく。男に慣れていない未熟な肉襞が疼いてしょうがない。

尖らせた舌先を内側にすべり込ませ、じゅるっと啜り上げる。その甘痒い刺激に耐え切れず、しゃくり上げた。

猛烈な羞恥心に襲われ、シーツの波を蹴り、身をよじらせる。

それでも鵜飼の舌は離れず、奥へ奥へと侵入してきた。ぬめぬめとしたやわらかな舌に犯され、涙が滲む。

こんな快感、知らない。初めてだ。

唾液で濡らされたそこに、指が一本挿ってくる。

違和感にびくりと身体を震わせたものの、舌の愛撫で疼く肉襞は悦んでしまっている。

蕩けた媚肉は男の指を嬉しがり、もっと強い刺激を欲しがった。

「ん……っあ、あ……だめ、だ……ゆび……そこ、あ、……っ」

今度は二本まとめて挿ってぐるりとかき回してくる。ねっとりとした泡のような快感が次々に身体の奥底から浮かび上がってきて、弾けた。

だんだんと広げられていくそこは、男を受け入れるために作り替えられていくのだ。熱くどろどろとした快感に放り込まれ、紫藤は啜り泣く。

「も、う……あぁっ……あ……ん……っ」

三本の指がぐしゅぐしゅと出挿りする頃には、理性なんか吹き飛んでいた。もっと強く、熱いものでかき回されたい。

指が抜け出ていくたびに、空虚感《くうきょ》が襲ってきてたまらないのだ。早く、早くと望む紫藤は鵜飼の髪をぐしゃぐしゃとかき乱す。

「之孝……っ」

「……そろそろいい頃かな」

半身を起こした鵜飼がローションのパッケージを犬歯で破る。

にちゃりと糸を引くそれを両手で擦り合わせ、紫藤の尻の狭間に塗りつけてきた。じゅわ、と温かい液体で濡らされる感覚に身悶える紫藤の頭の中はひとつのことで占められていた。

――早く、この男とひとつになりたい。苦しくても、痛くてもいいから。

膝立ちした鵜飼はパジャマと下着を脱ぎ捨て、雄々しくそそり勃った男根を見せびらかすように根元から扱き上げる。

そこにローションを足し、ぬちゃりと音を響かせる。

反り返った肉棒を見ただけで胸が躍り出す。

これをいまから受け入れるのだ。

「……ゴムは、つけないでくれ」

「いいんですか？」

鵜飼が驚いた顔をしている。

「生のおまえを——感じたい」

「わかりました」

不敵に笑い、鵜飼がゆっくり腰を落としてくる。

切っ先が窄まりにあてがわれ、ずくりと挿し貫いてきた。

「く……！」

あまりの質量と熱にのけぞった。

苦しい、というのが第一印象だ。

こんな大きなものをほんとうに最奥まで受け入れられるのだろうか。しかし、鵜飼もそのことはわかっていたのだろう。

ゆるゆると加減しながらひねり挿《い》れてきて、浅い場所をゆっくりと突く。

「あ、っ……あ、っ」

もったりと重たいしこりを擦られて、ぶわりと汗が浮かぶ。

「や、そこ、あっ、待っ……」

「いいところに当たりましたか？　覚えておきましょうね。ここが謙さんのいい場所です」

焦れったい抜き挿しを繰り返されるうちに、身体がじわじわと炙られ、頭の芯まで熱くなってくる。

ぶつかる皮膚と皮膚が溶け合いそうだ。

初めて繋がれた喜びに全身の細胞が沸き立つ。

「んっ、あ、っ、ゆき、たか……ぁ……っ」

声が弾み出したのをきっかけに、鵜飼が少しずつ大きく腰を遣う。ローションのとろみも相まって、引き抜くときのじゅぽっとした音がひどく淫猥だ。

肉襞がぴっちりと男根に纏わりつき、さらなる快楽を求める。

だんだんと強くなる突き上げに嬌声を上げ、彼の腰を腿の内側ですりっと擦り上げた。

気持ちが通じ合った行為だけに、いままでのどれよりも感じる。

ベッドのスプリングがぎしりと鳴るたび奥へと突き込まれ、新たな快感を引きずり出される。溶け合った場所は熱を帯び、紫藤を追い詰める。

ぐっぐっと腰を遣われ、腹の底が熱い。これが最初の交わりなのに、感じすぎて怖いぐらいだ。鵜飼が動くたび、全身の産毛がそそけ立ち、この快楽はまだまだ深いのだと教えてくれる。

鵜飼が覆い被さってきて、より密着度を深くする。

尖り切った乳首を分厚い胸で揉み潰されるここち好さに涙し、腰をよじった。そこも鵜飼でふさがれている。

ぎりぎりまで開かれた両足の奥に鵜飼が深く入り込んできて、紫藤のすべてを暴く。太竿が肉襞を搦め捕りながらずくずくと動き。あまりの気持ちよさと力強さに頭の中まで犯されそうだ。

彼の腹で擦られた肉茎が再び頭をもたげ、硬く引き締まる。鵜飼を咥え込みながらの絶頂感がすぐそこまで迫ってきていて、声が止まらない。

「之孝……ゆき、たか……っまた……あぁ……っまた、くる……！」

「何度でも」

ぐりっと最奥を突かれ、またたく間に昇り詰めた。

「ああっ、あっ、あ——あ、ん、あ——……っ」

どろりと熱が飛び出す。それでもなお鵜飼の律動は止まらず、瞼の裏がちかちかしてくる。身体がふわりと浮くような不可思議な快感に揉まれながら悶えると、眼鏡をかけたままの鵜飼がくすりと笑う。

「スペースに入ったようですね」

「なに、……っなんだ、それ、あっ、あん、ん、ふ……っぅ……」

「Ｓｕｂが最高のセックスを味わう感覚ですよ。身体がふわふわしてるでしょう」

「う、ん、んっ……！」

彼にしがみつき、刺さる肉棒の逞しさを全身で味わう。より深い場所へと鵜飼は連れていくようだ。

息を切らす紫藤の背中に手を差し込んで抱き起こし、今度はあぐらをかいた状態で下から挿し貫いてくる。

「ん――……！」

ずんっと突き上げられる強さに負けそうだ。どこをどう触られてもぴりぴりする。

鵜飼がくちづけてきて舌を吸い取りながら、ずくずくと突いてくる。すっかり蕩けた媚肉は涎を垂らして鵜飼のものをしゃぶり尽くす。

初めての対面座位の刺激の強さに達し続けながら、紫藤は濃密なキスを受け止め続けた。

ねっとりと唾液を交わし合い、乳首をねじられながら激しく貫かれる。どこもかしこも鵜飼でいっぱいだ。

陶然となる紫藤を強く抱き締める鵜飼は満足そうに笑い、首筋をねろりと舐め上げてくる。いい、すごく感じる。

彼の腰に回した両足を引き絞った。さっきよりも大きな波がやってきそうだ。

「……ッ、そんなに締めつけたら……我慢できなくなります」

「……イキ、たい、おまえと、一緒に……」

「おねだり上手ですね」

くすっと笑った鵜飼が一層激しくじゅぽじゅぽと突いてきて、振り落とされそうだ。

必死に彼の首にしがみつき、全身が性感帯になる。

最奥に漲った亀頭をぐりぐりと擦りつけられるのに我慢できず、きゅうっと締めつけた途端に鵜飼のものがむくりと嵩《かさ》を増す。

艶やかに色づいた乳首を捏ねられたのがスイッチになった。

「あ、あ、イく……っ！」

「……ッく……！」

きぃんと全身を駆け抜ける鋭い絶頂感に身をよじり、思うままにきゅんきゅんと締めつけた。一拍遅れて鵜飼がどくんと放ってきて、媚肉の隅々まで存分に濡らしていく。

「はぁ……っあ……あぁ……っ……」

「こんなに、いいなんて……」

紫藤の肩にこつんと頭をもたせかけてくる鵜飼の息も乱れている。射精はまだ続いていて、飲み切れない滴がとぷりとあふれて尻の狭間を濡らす。

ようやく視線を合わせ、互いに笑う。

「……おまえの、まだ大きいぞ」

「謙さんこそ。三度もイったのに」

「こんな身体にして……責任取れよ」

「もちろんです。生涯を懸けて、貴方だけを愛します」

ちゅっと可愛らしい音を立てて鼻先にくちづけてきた鵜飼がひとつ息を吐き、一度ずるりと抜いて、「四つん這いになって《クロール》」と囁く。

甘さを滲ませたコマンドには逆らえない。ふらつく身体で命じられたとおりにすると、背後から鵜飼が再び押し挿ってくる。

「あ……ぁ……っ！」

「まだまだですよ、貴方を味わい尽くさなければ。——ね、兄さん。愛してます」

「……俺もだ」

冗談めかした笑い声が鼓膜に染み込むのと同時に、身体が揺さぶられる。

より深い快感がふたりを待ち構えていた。

10

表参道の並木通りは華やかなイルミネーションで彩られている。通りを歩くカップルも友だち連れも皆、楽しげな顔だ。

クリスマス・イブ。

紫藤はいつもどおりオフィスで仕事をこなしたが、横には鵜飼がいる。一週間前から始まった「ピークタウン」内の「ジョーディア」ページを一緒にチェックしていたのだ。

『実力のある男へ——』

そう銘打たれた特設ページには、「ヨシオ タケウチ」をはじめ、「ジョーディア」が誇る各ブランドの商品がずらりと並んでいた。

ホリデーシーズンに合わせて特設ページは華やかだ。正直言って、自社サイトよりも数段見栄えがした。

モデルが実際に服を纏い、さまざまな角度からポーズを取り、商品に厚みを持たせている。スーツはとくに肩や腰のラインが大事だ。

平置きだとわからないディテールが、モデルによってはっきりと再現されているうえに、動画も用意されていた。

売れ行きは好調だった。「ジョーディア」専門のクーポンも配布されており、店頭や「ジョーディア」サイトよりも割安に購入することができるのも、客の注目を集めている要因のひとつだろう。

鵜飼のアドバイスにより、「ジョーディア」自社サイトも構築し直し、じょじょに売り上げを伸ばしている最中だ。

「之孝のおかげだな」

「いいえ、『ジョーディア』の商品がどれも魅力的なんですよ。最初はハードルが高そうに見えても、こうしていろんな角度から見ることで生地の質感もご想像いただけやすいですし、実際にいまのところ返品率はゼロです」

「モデルの身長も三タイプそろえてくれたのもいい案だ。自分の身長に近いモデルがスーツを着ているとリアリティがある。買いやすいよな。交換も可能だし」

「スーツだけじゃなく、ニットやシャツ類の動きもいいですよ。ほら、以前表参道店で若い男性が買っていったカシミアの黒ニット、あれがネットでも大人気です。ニット類の通販は手触りがわからないのでなかなか苦戦するものなんですが、これはレビュー評価がいいのもあって、毎日のように注文が入ってます」

嬉しい報告を聞きながら、タブレットの電源を落とす。

「そろそろディナーに出かけるか」

「そうですね。レストランはここから歩いて十分ほどです。仲のいい恋人たちにならって、私たちも手を繋いで歩きましょうか」

「やらない」

素っ気なく言って立ち上がる。苦笑する鵜飼があとを追ってきて、「あ」と声を上げた。

「外に出る前に、これを」

「なんだ？」

振り向けば、鵜飼が鞄の中から細長いラッピングされた箱を取り出す。

「貴方に。開けてください」

コートを羽織る前に紙包みを破ると、中から上品な紺のケースが出てくる。蓋を開けば、細長い黒の革でできた首輪が入っていた。

「貴方だけの『カラー』です」

「『カラー』……Ｄｏｍがパートナーと決めたＳｕｂに贈る首輪か」

「ええ。これを巻けばもう貴方は私以外のＤｏｍから付け狙われない。不用意なグレアやコマンドを浴びることもない。巻いてあげましょうか」

「……頼む」

黒く細い上質な革でできたカラーがするりと紫藤の首に巻かれた。背後でかちりと留め金が嵌《は》まる音がする。

それをワイシャツの襟元に押し込めば、見た目は普通の人間となんら変わりない。

だけど、こころは温もりで満たされていた。

身もこころも、もう鵜飼のものだ。

鵜飼之孝という男に守られ、ともに切磋琢磨しながら生きていく。

「年が明けたら、役員会議でも俺がじつはＳｕｂだということを打ち明けようと思う。すでにパートナーはいるってな。多少の反発はあるだろうけれど、『ピークタウン』でこれだけ業績を上げているんだ。納得してもらう」

「大丈夫ですよ。貴方の味方は想像以上にたくさんいるものです。秘書の野口さんをはじめ、私もそのひとりです。これからも、ともに『ジョーディア』を盛り立てていきましょう」

「そうだな。……あとは、腹違いの兄弟同士で愛し合っていることを両親にいつ話すかだが……これは急がなくてもいいと思ってる。俺とおまえだけの秘密でもいい。互いが信じ合っていれば問題ないだろ？」

「謙さん……」

くしゃりと顔をほころばせた鵜飼が弾みをつけて抱きついてきた。

「明かすのも明かさないのも、貴方の判断に委ねます。私は謙さんのそばにいられればばいい。誰より大切にします。大好きです」

「俺もおまえが好きだ。そこから先の甘い言葉は今夜のベッドの中で聞かせてくれ」

「了解です」

楽しげに笑う鵜飼と目配せし、肩を触れ合わせながら紫藤はクリスマス・イブの夜に溶け込んでいった。

あとがき

はじめまして、またはこんにちは。秀香穂里です。

Dom／Subユニバースです！　今回は久しぶりに下剋上ものを書いてみました。大好きなファッション業界を舞台に、社長同士が張り合う話にDom／Sub、大好き設定をもりもりに盛り込みました。

男性にもファッションに敏感なひと、そうでもないひとといますよね。男性がひとりでお洋服を選んでいる姿を想像するとなんだかとても萌えます。いいなと思った商品をあれこれ試着し、店員さんのお勧めを訊いたりするのって可愛いなと。

ファストファッションも大好きですが、老舗ハイブランドが自信を持って打ち出していく新作を見るのも大好きです。

この本を出していただくにあたり、お世話になった方々にお礼を申し上げます。

艶やかなイラストを手がけてくださった御子柴リョウ先生。華やかな紫藤に堂々とぶつかっていく鵜飼のコンビ、めちゃくちゃ素敵でした！　表紙はもちろんのこと、口絵の色っぽさと言ったら言葉になりません。口絵を見た瞬間、体温が三度ぐらい上がりました……！　お忙しい中ご尽力くださり、ほんとうにありがとうございました。

担当様。まだまだ拙い私でありますが、これからもどうぞよろしくお願いいたします。

そして、この本を手に取ってくださった方へ。最後までお読みくださってほんとうにありがとうございます！　Ｄｏｍ／Ｓｕｂ、初めての方も多いかな？　と思うのですが、すこしでも楽しんでいただければなによりです。

もしよろしければ、編集部宛にご感想をお寄せくださいね。

今年も冬が近づいてきました。おしゃれが楽しい季節ですね。お気に入りのコートを着てどこかに旅立ちたいです。

それでは、また次の本で元気にお会いできますように。

秀香穂里

ツイッター：@kaori_shu

本作品は書き下ろしです

秀香穂里先生、御子柴リョウ先生へのお便り、
本作品に関するご意見、ご感想などは
〒101-8405
東京都千代田区神田三崎町2-18-11
二見書房　シャレード文庫
「執着Domの愛の証」係まで。

CHARADE BUNKO

執着《しゅうちゃく》Dom《どむ》の愛《あい》の証《あかし》

2021年12月20日　初版発行

【著者】秀香穂里《しゅうかおり》

【発行所】株式会社二見書房
東京都千代田区神田三崎町2-18-11
電話　03(3515)2311［営業］
　　　03(3515)2314［編集］
振替　00170-4-2639
【印刷】株式会社 堀内印刷所
【製本】株式会社 村上製本所

落丁・乱丁本はお取り替えいたします。
定価は、カバーに表示してあります。

©Kaori Shu 2021,Printed In Japan

ISBN978-4-576-21189-3

https://charade.futami.co.jp/

CHARADE
BUNKO

今すぐ読みたいラブがある!

秀 香穂里の本

きみが俺のものだという証をつけたいんだ

溺愛アルファは運命の花嫁に夢中

イラスト＝れの子

「俺の勘違いではない。きみと俺は運命の番だ」出会ったばかりのアルファ、鹿川にプロポーズされた海里。甘い愛撫にどれだけ身体が反応しようとも、素直にプロポーズを受け入れられない海里は「三か月間、週三日、自分の家に通うこと」という条件を出すことに。だが、半同居状態で鹿川の溺愛はエスカレートして!?

CHARADE BUNKO

今すぐ読みたいラブがある!

秀 香穂里の本

あなたのフェロモンは甘くて、私をかき乱す

溺愛アルファに娶られたホテル王

イラスト＝笠井あゆみ

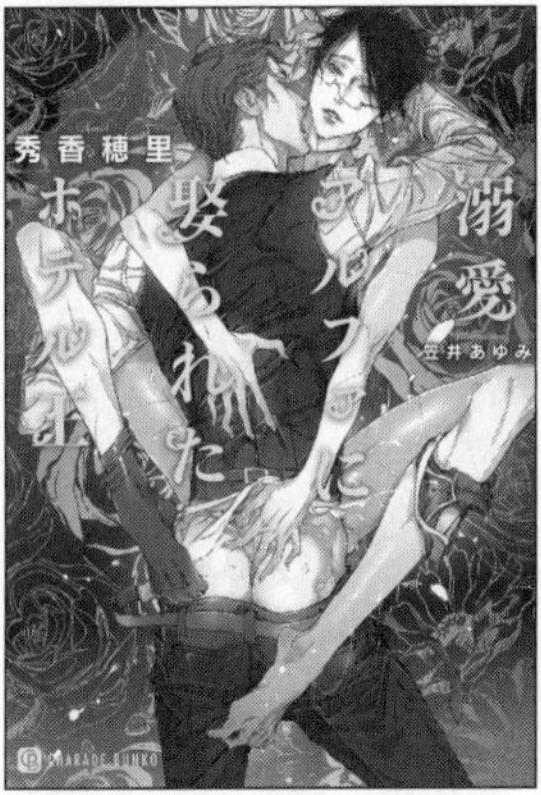

一流ホテルの総支配人の入間の秘書になったアルファの小野。ひと目見た瞬間から入間は彼が運命の相手であると直感していた。オメガ特有の発情に襲われるたびに小野は甘く巧みな愛撫で入間を蕩かせていく。惹かれる心を抑えられなくなり戸惑う入間とは裏腹に、小野はさらに行為をエスカレートさせてきて——!?

CHARADE
BUNKO

今すぐ読みたいラブがある!

秀 香穂里の本

このひとたちだから、俺も肌を許した

愛と不純なマネーゲーム

イラスト Yoshi

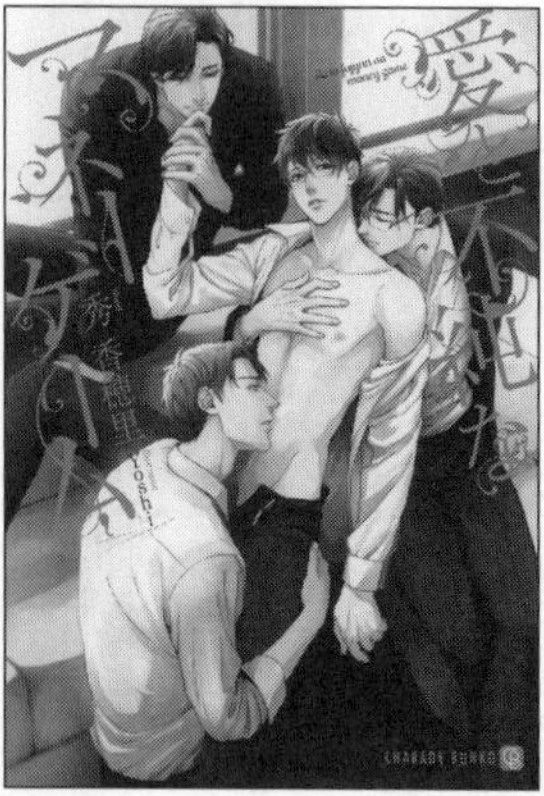

「家族揃って昔のように仲良く暮らすこと」——母の遺産を巡るマネーゲームで、疎遠になっていた兄・祥一、弟・斎、父・正太郎と暮らすことになった英司。濃すぎる血のせいか、英司は歪な愛に呑み込まれていく。祥一の意地悪な愛撫、斎の行き過ぎた執着、正太郎の成熟した色香——蝕むように英司は翻弄されて……。

CHARADE BUNKO

今すぐ読みたいラブがある!

秀 香穂里の本

怜さんと、誠さんなら、……食べられてもいいです……

トライアングルエクスタシー

イラスト＝兼守美行

「俺たちは、きみに一目惚れしたんだ」——。ひとり旅で沖縄を訪れた一郁は、最後の夜に間違って入ったハプニングバーを出た所で美形の双子・怜と誠と出会い、官能的な一夜を共にする。誠の情熱的な口づけ、怜の蕩けるような口淫に溺れる一郁。夢のような一夜を過ごし東京で日常に戻った一郁だったが、目の前に双子が再び現れて…。

CHARADE BUNKO

今すぐ読みたいラブがある!

秀 香穂里の本

トリプルルーム

そいつと俺と、どっちが気持ちいいんだ?

イラスト＝兼守美行

脚本家として駆け出しの向井は、バツイチになったものの、人気俳優で長年の親友・宮乃と、注目株の若手俳優・伊織から迫られることに…。親友の仮面を脱ぎ捨て、狂気じみた愛情をぶつけてくる宮乃、そして出会って間もないにもかかわらず強い執着をみせる伊織。平凡な向井の生活は男たちの愛欲に搦め捕られていき――。